Herstellung und Verlag:
Books on Demand GmbH, Norderstedt
ISBN: 978-3-8391-4583-8

AF210744

Über den Autor: Hamilkar Schass, Jahrgang 1976, schreibt seit seiner Studienzeit erotische Kurzgeschichten, bislang lediglich für Anthologien für das Versandhaus Orion. „Der kleine Erotikshop" ist seine erste eigenständige Kurzgeschichtensammlung.
Hamilkar Schass ist verheiratet und Vater und liebt und lebt in der Domstadt Köln.

Inhaltsangabe

www.facebook.com/hamilkar.schass
http://hamilkarschass.blogspot.com/

Zimmerservice

„Messetage." Simon drehte sich auf den Rücken und zog das Kopfkissen über seinen Kopf. „Schlechte Idee, keine schnellen Bewegungen." Er drehte sich langsam wieder auf den Rücken.

Er hatte sich auf die Messe gefreut, Klinken geputzt, um mit nach Frankfurt fahren zu dürfen.

Nach der Messe dann mit Kollegen noch um die Häuser ziehen, tiefgründige Gespräche führen, den Grund von Biergläsern erkunden, den Boden von Weingläsern ergründen, eine Runde ausgeben, obwohl man es sich nicht leisten kann und mit der kleinen Brillenträgerin auf der Toilette fummeln, aber nicht zum Zuge kommen, weil sie es in ihrem betrunkenen Kopf wichtiger findet sich mit anderen ein Großraumtaxi zu teilen, als mit ihm aufs Hotelzimmer zu kommen.

Simon drehte vorsichtig den Kopf zur Seite, um zu sehen wie spät es ist. Sein Kopf fühlte sich unangenehm leicht an, als wäre sein Hirn in eine Lache Restalkohol gebettet.

Eine dumme Sache, am nächsten Morgen erwachen und immer noch betrunken zu sein.

Träge ging er seine Optionen durch, den Kreislauf anregen durch körperliche Betätigung oder eine kalte Dusche, viel Kaffee trinken, etwas in den Magen bekommen, Frühstück.

Mitten in seine Überlegungen hinein bemerkte er seinen Morgenständer. Daran musste die Brillenträgerin Schuld sein. Er spulte seine Erinnerungen wieder bis an den Punkt zurück, wo er mit ihr vor der Türe zur Herrentoilette gestanden hatte, ein langer, wilder Zungenkuss und seine Hand auf ihren kleinen, festen Busen. Simon hatte jetzt seine Erektion in der Hand, war sich aber unschlüssig was er tun sollte.

„Wie hieß die Kleine nur?" Er spürte, dass er wieder wegdöste.

Lange konnte Simon nicht weggetreten gewesen sein, denn als er wieder die Augen aufschlug, hielt er noch immer seine Erektion in der Hand, allerdings war er nicht mehr alleine, sondern wurde von einem asiatischen Zimmermädchen beobachtet, das im Türrahmen zum Bad stand.

„Roomservice.", lächelte sie.

Simon nickte. „Lassen sie sich nicht aufhalten."

Sie ließ sich tatsächlich nicht abhalten, leerte den Papierkorb, stellte Dinge wieder auf ihren richtigen Platz und wischte flüchtig Staub. Jedes Mal, wenn sie in Simons Richtung blickte, lächelte sie ihn freundlich an.

Simon bewegte der Probe halber und ohne rechte Überzeugung seine rechte Hand, doch seine Erektion zeigte keine Reaktion und blieb einfach nur steif und hart. Er hatte gewartet, bis das Zimmermädchen ihm den Rücken zukehrte, aber sie hatte es dennoch irgendwie bemerkt und fragte ihn lächelnd, ob er ein Problem habe. Sie schien irgendwie belustigt.

„Nein, kein Problem. Es ist kompliziert. Gestern wollte er, aber durfte nicht. Jetzt darf er vielleicht, will nicht, könnte aber, wenn er wollte." Simon überdachte kurz das Gesagte und fand es wenig verständlich. „Wie gesagt, es ist kompliziert."

„Vielleicht kann ich helfen.", sagte das Zimmermädchen, kletterte zu Simon auf das Bett und nahm ihm seinen Morgenständer aus der Hand.

Offensichtlich konnte sie helfen. Bei ihrer Berührung erwachte seine Erektion sofort zu leben, war nicht länger ein fleischerner Monolith, sondern ein pulsierendes Organ, als sei ein Funke übergesprungen.

„Ich glaube, er kann, er will, aber darf er auch?"

„Selbst wenn er nicht dürfte, jetzt würde er sowieso nicht mehr auf mich hören".

Das asiatische Zimmermädchen blickte Simon aus grünen, mandelförmigen Augen fragend an.

„Er darf, herzlich gerne."

Sie streichelte Simons Glied wieder und die Reaktion war freudig erregt. Das Zimmermädchen strich sich eine Strähne ihres langen, schwarzen Haares hinters Ohr.

„Ich mache sauber.", erklärte sie und beugte sich vor.

Waren die Reaktionen freudig gewesen, als sie ihn in die Hand genommen hatte, so waren sie jetzt, da sie ihn küsste, begeistert.

Simon schloss die Augen und genoss das Saubermachen, das ein komplizierter Tanz aus Saugen, Streicheln mit dem Mund und Einsatz der Zunge war, der sich allmählich steigerte.

Die Zungenspitze wurde kecker, das Saugen kräftiger und die Lippen fordernder, bis das Zimmermädchen kurz unterbrach, um ihr Kleid hochzuziehen und sich ihres mädchenhaften Schlüpfers zu entledigen.

„Warte.", sagte Simon, dessen dem Restalkohol geschuldete Benommenheit sich in Wohlgefallen aufgelöst hatte.

Er legte eine Hand zwischen ihre Beine und fand sie dort nass. Sie ließ ihn bereitwillig mit ihren Schamlippen spielen und legte den Kopf in den Nacken, als er ihre Perle fand.

Jetzt wollte Simon sie ganz, zog ihr die Zimmermädchenuniform über den Kopf und küsste sie leidenschaftlich, während er ihre Brüste streichelte.

„Keine Zeit.", flüsterte sie und führte ihn bestimmt an ihre Scham.

Sie liebten sich innig und kosteten den Körper des anderen aus, zuerst langsam und behutsam. Sie war oben und ritt ihn mit schaukelnden Bewegungen, die allmählich intensiver wurden, während er sie aufmerksam betrachtete, ihren halb geöffneten Mund, die flatternden Lider und ihren nach innen gerichteten Blick.

Nachdem sie vor ihm gekommen war, durfte sich Simon eine Position aussuchen. Er ließ vor sich knien und nahm sie von hinten, wo er den himmlischen Anblick ihres samtenen, runden Pos vor Augen hatte.

Sie löste sehr schnell aus seiner Umarmung, kaum dass er gekommen war, und verschwand im Bad. Als sie von dort zurückkehrte, hatte sie sich von der Geliebten wieder zurück ins Zimmermädchen verwandelt, das schnell ihre Putzutensilien einsammelte und grußlos verschwinden wollte.

„Du gehst?", fragte Simon. „Einfach so?"

„Nicht da.", sagte das Zimmermädchen und schüttelte heftig den Kopf. „Nur Traum."

Die Bordsteinschwalbe

Adrian Kozialek rollte im Schritttempo die Straße entlang und betrachtete das Angebot, das sich vor dem Regen in den Schatten der Häuser geflüchtet hatte. Als er den Wagen anhielt, schälte sich eine aus dem Halbdunkel und kam auf ihn zu. Er ließ das Fenster auf der Beifahrerseite herunter und legte den Leergang ein.

Das Gesicht einer dunkelhaarigen Frau erschien im Fenster. Sie trug große Kreolenohrringe und knallroten Lippenstift. Sie lächelte ihn an.

„Nimmst du mich mit?" fragte sie. Der tiefe Ausschnitt ihrer Bluse präsentierte zwei apfelrunde Brüste mit weicher Haut und schönem Teint. Die leichte Bräune ließ auf Sonnenstudiobesuche schließen.

„Wohin?"

Sie zuckte mit den Schultern.

„Zu dir, in ein Hotel. Irgendwohin, wo wir ungestört Spaß haben können."

Er musterte sie, bis sie ihr Gewicht von einem Bein aufs andere verlagerte. Dann nickte er.

„Wie viel?"

„Nur das Übliche", sagte sie schnell. „Was ist jetzt, willst du?"

„Steig ein." Während sie einstieg und sich anschnallte, legte er den ersten Gang ein und fuhr los. „Ich bin Candy."

„Ja", sagte er und musste grinsen. „Natürlich bist du das."

Sie warf ihm einen befremdeten Seitenblick zu.

Eine Zeitlang saßen sie schweigend nebeneinander im Auto. Candy war ganz von ihren Fingernägeln eingenommen, von denen an einigen Stellen schon der Lack abzublättern begann. Er starrte hinaus auf die Straße und schien ganz mit Fahren beschäftigt zu sein.

Nach einer Viertelstunde erreichten sie sein Haus im Vorort, wo er vor dem Gartentor parkte, damit sie so wenig wie möglich im Freien umher laufen mussten.

Wie selbstverständlich blieb sie solange im Wagen sitzen, bis Adrian ihr die Beifahrertüre geöffnet hatte. Sie ging an ihm vorbei auf das Haus zu. Auf dem Weg blickte sich Candy aufmerksam um, sagte aber kein Wort. Das irritierte ihn, so dass er sich auf der Schwelle noch einmal umblickte und einen Blick auf den Garten warf. Im blassen Mondlicht lag der Rasen aufgeräumt vor ihm, waren die Rosenstöcke, die den Weg säumten, ordentlich gestutzt.

Adrian ließ sie ins Haus ein und half ihr aus dem Ledermantel, der überraschend schwer für solch eine zierliche Person war.

„Wohin?" fragte sie.

„Warte." Er hing sein Jackett an einen Kleiderhaken und dann an die Garderobe. Danach holte er aus der Innentasche sein Portemonnaie.

„Hundert sollten genügen, nicht wahr?" Er hielt ihr einen großen, grünen Schein entgegen.

„Mehr als genug.", sagte sie und stockte. „Kommt darauf an wofür."

Adrian wischte den Argwohn in ihrer Stimme mit einem Kopfschütteln beiseite.

„Du bläst, wir ficken. Nichts, was einen Bonus verdient hätte. Ich hab's nur nicht kleiner."

Ihr Gesichtsausdruck blieb unverändert, aber der Schein verschwand in ihrer LouisVettonHandtasche aus nicht verkratztem braunem Leder. „Hier entlang."

Er deutete auf eine angrenzende Türe und führte Candy ins Wohnzimmer. Er ging an ihr vorbei und holte zwei Gläser aus einem Schrank.

„Möchtest du etwas trinken? Champagner, Whisky? Cognac, vielleicht?"

Die Gläser, die er aus dem Schrank geholt hatte, waren schön gearbeitete Whiskygläser, weshalb sie sich dafür entschied. Sie zweifelte nicht daran, dass er auch das andere in seiner Hausbar vorrätig hatte, aber letztlich war es ihr gleichgültig.

Er reichte ihr ein Glas und ließ sich auf einem breiten Ledersessel fallen. Weil Adrian sie nicht einlud Platz zu nehmen, blieb Candy stehen, das Glas in ihrer Hand. Er nippte ein wenig an seinem und musterte sie mit einem aggressiven, begierigen Blick.

Im schwarzen Ledersessel und vor dem Hintergrund des dunklen Gartens, der durch das Panoramafenster zu sehen war, verschmolz Adrian beinahe mit den Schatten. Unwillkürlich fragte sie sich, ob der Effekt beabsichtigt und das Szenario einstudiert war.

Wieder hob er das Glas und nippte daran.

„Zieh dich aus", kommandierte er.

Sie stürzte den Whisky in einem Zug herunter und bereute es, noch ehe sie geschluckt hatte, denn er war sehr gut. Dann stellte sie das Glas auf dem

Marmortisch ab.

Langsam, einen Striptease andeutend, zog Candy sich aus. Als sie sich ihrer Schuhe entledigte, kitzelte der tiefe Teppich ihre Fußsohlen. Sie ließ die Unterwäsche an und trat zu ihm hin. Gerade als sie auf die Knie ging, beugte er sich vor und stellte sein Glas ab.

„Warte", sagte er mit einem schiefen Grinsen: „Lass mich vorher noch aufs Klo gehen."

Sie wartete noch einen Augenblick, nachdem er das Zimmer verlassen hatte, dann trat Candy auf den Flur. Sein Jackett hing noch am Kleiderbügel an der Garderobe und als sie in die Innentasche griff, fand sie dort sein Portemonnaie. Er hatte noch zwei Hunderter und einen Fünfziger.

Es überraschte sie, ihn bei einer Lüge erwischt zu haben. Als sie sich umdrehte, stand er im Flur an die Wand gelehnt und betrachtete sie nachdenklich. Sie erstarrte mitten in ihrer Bewegung.

„Scheiße.", sagte Candy, Adrians Portemonnaie in ihrer Rechten. Er sagte nichts. Sie rannte ins Wohnzimmer, schnappte sich ihre Handtasche und versuchte über die Terrassentüre zu entkommen. Candy rüttelte an der Klinke, aber die Türe ließ sich nicht öffnen.

„Abgeschlossen.", sagte Adrian vom Türrahmen her. „Aber wo willst du in deinem Aufzug auch hin?" In der Glastüre vor sich sah sie sich selbst, mit BH und Slip, Strapsen und Gürtel bekleidet. Sie hielt die Klinke in der Hand und sah ein wenig aus wie jemand, der gerade in der Bewegung inne hält, weil er etwas Wichtiges vergessen hat.

„Ich würde sagen, du setzt dich hin und ich rufe die Polizei. Während wir warten, kannst du dich ja schon anziehen."

Mit einem Ruck riss sich Candy von ihrem Spiegelbild los und drehte sich um. Sie sah jetzt verzweifelt aus.

„Nicht die Polizei."

Mit der Linken bedeutete er ihr sich zu setzen, während er die rechte Hand zum Ohr hob. Wann und wie das Telefon dorthin gelangt war, vermochte sie nicht zu sagen.

Sie holte den 100 Euro Schein aus ihrer Handtasche und hielt ihn ihm entgegen.

„Ich gebe ihnen auch alles zurück. Bitte, rufen sie nicht die Polizei."

„Besetzt.", murmelte er und blickte erst auf das Telefon in seiner Hand und dann auf sie. Erst als er das Geld in ihrer Hand bemerkte, realisierte er was sie gerade gesagt hatte.

„Du hast versucht mich zu beklauen, du Nutte!", brüllte er.

„Es tut mir leid.", jammerte sie. „Bitte, sie müssen mir glauben, es tut mir leid."

„Erzähl das der Polizei. Ich habe kein Mitleid mit geldgierigen Schlampen."

Adrian wählte die Nummer der Polizei und hob das Telefon an sein Ohr.

„Bitte, die stecken mich ins Gefängnis."

Candy fing an zu weinen und beinahe augenblicklich zogen sich schwarze Wimperntuschefäden über ihre Wangen. Sie warf sich vor Adrian auf die Knie und reckte ihm ihre flehentlich gefalteten Hände entgegen. Die zusammengeknüllten Geldscheine fielen achtlos zu Boden.

„Bitte.", schluchzte sie, kaum noch verständlich und, etwas deutlicher: „Ich tue was sie wollen."

Adrian nahm das Telefon ein Stückweit weg vom Ohr und blickte prüfend hinab auf die vor ihm kauernde Frau.

Tränenverschleiert sah sie zu ihm auf.

„Alles.", flüsterte sie. „Bitte."

Adrian ließ den Arm sinken. Sie schlug die Augen nieder und senkte den Kopf.

„Danke."

„Komm", sagte er und packte sie grob am Ellenbogen. Er zerrte sie hoch und hinter sich her, durch den Flur und zur ersten Etage, wo er Candy in seinem Schlafzimmer so plötzlich losließ, dass sie ins Zimmer taumelte und zu Boden fiel.

Hinter ihr wurde die Türe zugeschlagen und ein Schlüssel im Schloss herumgedreht. Sie rappelte sich auf und ging ans Fenster, wo ihr wieder ihr praktisch unbekleidetes Spiegelbild entgegentrat.

Ein Träger ihres BHs war verrutscht und ihr Ellenbogen schmerzte. Candy versuchte ihr Gesicht wieder herzurichten, verwischte die Wimperntusche aber nur umso mehr. Sie schob den Träger wieder zurück auf ihre Schulter und sah sich im Zimmer um.

Als die Türe wieder aufgetan wurde, saß Candy auf einer Kante des Doppelbettes, den Kopf in den Händen vergraben.

Bei seinem Eintreten hob sie den Kopf. Adrian hatte die Zeit genutzt, um sich umzuziehen und einige Utensilien zusammenzusuchen. Er trug schwere, schwarze Stiefel, eine Lederhose und eine schwarze Weste über einem weißen Hemd. In der Hand hielt er Seile, wie man sie zum Bergsteigen verwendet und etwas, das wie ein langer Lederriemen aussah.

„Steh auf", befahl er mit harter Stimme.

Gehorsam, mit ängstlichem Blick, stand Candy langsam auf. Prüfenden Blickes ging er um sie herum und begutachtete sie, als würde er den Wert eines Pferdes taxieren.

Als er hinter ihr stand, strich Adrian ihr langes, dunkles Haar beiseite und legte ihr ein Halsband an. Sie schauderte, als sie seine Hände und das kühle Leder ihren Nacken berührten, doch sie bewegte sich nicht vom Fleck.

Als er fertig war, ging Adrian weiter um sie herum, bis er wieder vor ihr stand. Er hatte jetzt das Ende der Leine in seiner linken Hand und zog so heftig daran, dass sie ihm überrascht entgegen taumelte.

„Alles, was ich will.", sagte er dicht vor ihrem Gesicht. „Du willst alles tun, was ich verlange, hast du gesagt."

„Ja, das werde ich. Nur tun sie mir bitte nicht weh."

„Wenn du gehorchst, wird das nicht nötig sein.", sagte er und dann scharf: „Auf die Knie mit dir."

Candy ging sofort vor ihm auf die Knie, dass sein Schritt vor ihrem Gesicht platziert war.

Sie beugte sich schon vor, um sein Glied in Empfang zu nehmen, wenn er den Reißverschluss der Hose öffnen würde.

Adrian ging jedoch an ihr vorbei und zog wieder an seiner Leine, so dass sie gezwungen war ihm auf allen vieren kriechend durch den Raum zu folgen. „Wie ein Hündchen.", stellte er fest. „Bei Fuß."

Und er ging etwas langsamer, damit sie zu ihm aufschließen konnte. Vor dem Spiegel seiner Schrankwand blieb er stehen und Candy konnte sehen, was für ein ungleiches Pärchen sie abgaben; er in Lederhose stehend und sie in Unterwäsche neben ihm kauernd, angeleint wie eine treue Hündin.

„Komm, mach Männchen.", forderte er sie auf herablassend freundliche Art auf.

Als sie sich aufrichtete, fasste er hinter sie und hakte ihren BH mit einer einzigen Bewegung auf und zog ihn aus. Dann betastete Adrian ihre Busen und ihre Brustwarzen als wolle er ihre Echtheit prüfen.

Candy betrachtete sich dabei selbst im Spiegel und schämte sich. Gleichzeitig bemerkte sie, wie sich unter dieser Behandlung ihre Brustwarzen langsam aufrichteten.

„Gefällt dir das? Das gefällt dir, nicht wahr?"

Candy beschloss, dass das eine rhetorische Frage war und schien recht damit zu haben, denn er ging nicht weiter darauf ein. Stattdessen befahl er ihr, seine Stiefel sauber zu lecken.

Gehorsam beugte sie sich vor und leckte seine Stiefel mit ihrer Zunge.

Es passierte, als sie vom linken auf den rechten Stiefel wechselte, dass sie ihre Scham hinter sich ließ, so wie man sich einen Muskelkater aus den Beinen läuft und Candy ihre Erniedrigung plötzlich als lustvoll empfand. Sie leckte Adrians Stiefel jetzt energischer und beugte sich weiter vor, damit ihre Brüste in der Abwärtsbewegung vom weichen Teppich gekitzelt wurden.

Eine Weile ließ er sie gewähren, dann zog er die Widerstrebende mit sanfter Gewalt zu sich hoch, bis sie wieder vor ihm kniete. Von ihr unbemerkt hatte Adrian inzwischen den Reißverschluss seiner Hose geöffnet und sein halb erigiertes Glied hervorgeholt. Wie selbstverständlich nahm sie das als Aufforderung ihn in den Mund zu nehmen, als sie im letzten Moment durch einen Ruck an der Leine zurück gerissen wurde.

„Habe ich dir das erlaubt, du Schlampe?"

Sie sah ihn überrascht aus großen Augen an.

„Nein, habe ich nicht!"

Er stieß sie mit dem Fuß um, dass sie auf den Rücken fiel und machte sofort einen Schritt nach vorne. Dann setzte er ihr einen Stiefel zwischen die Schenkel mit gerade soviel Nachdruck, dass es Candy nicht wehtat.

„Bitte.", flehte sie.

Da verstärkte er den Druck um ein Weniges.

„Bitte nicht, Herr! Ich tu auch alles, was sie sagen." Er drückte noch fester zu, bis sie sich nicht mehr traute etwas zu sagen, sondern nur noch leise wimmerte.

„Dreh dich auf den Bauch", kommandierte Adrian dann und nahm den Fuß weg. „Hände auf den Hintern, Gesicht zu Boden. Und wehe du rührst dich."

Nachdem sie getan hatte wie ihr geheißen, hörte Candy wie er über sie hinweg stieg und seine Seile holte. Er fesselte ihr die Hände auf den Rücken, führte das Seil zwischen ihre Schenkel, befahl ihr, sich wieder umzudrehen. Dann führte er das Seil zwischen Candys Busen hoch zum Hals, wo er es stramm zog und mit einer Schlaufe verknotete.

Das alles machte Adrian mit schnellen, routinierten Handbewegungen, die Candy zeigten, dass sie nicht die erste war, der diese Behandlung zuteil wurde.

Als Adrian fertig war, befahl er ihr wieder vor ihm auf die Knie zu gehen. Er selbst setzte sich auf das Bett.

„Und jetzt Schluss mit dieser Komödie. Du bist alles, aber keine Nutte."

Candy kam mit Mühe auf die Beine und kniete sich gesengtem Hauptes vor ihn.

„Nein, ich bin keine Nutte, Herr."

„Wozu dann diese Komödie? Erst Bordsteinschwalbe, dann Diebin und am Ende keines von beidem."

Candy hielt das Haupt weiterhin vor ihm gesengt, den Mund aber geschlossen.

Nachdem Adrian eine Weile gewartet hatte und sich sicher sein konnte, dass er keine Antwort mehr erhalten würde, stand er auf und seufzte.

Während sie alleine in seinem Zimmer gewesen war und auf ihn gewartet hatte, waren Candy eiserne Ringe aufgefallen, die in den Fußboden eingelassen waren, ohne dass sie einen ersichtlichen Zweck hätten.

Zu diesen Ringen führte Adrian sie jetzt, noch immer auf allen Vieren gehend. Dort angelangt band er Hände und Füße an je einen dieser Ringe, dass Candy in kauernder Haltung vor ihm knien bleiben musste.

Sie hörte, dass Adrian den Raum verließ, konnte aber nichts sehen, weil ihr Gesicht zur Wand gerichtet war und sich nicht genug herumdrehen konnte um erkennen zu können, was hinter ihr geschah.

Als er den Raum wieder betrat, hielt Adrian in einer Hand einen leichten und biegsamen Bambusstock, der noch grün und jung war. Mit diesem Stock trat er hinter Candy. Während sie sich bemühte hinter sich zu sehen, betrachtete er, wie nachdenklich, ihren bloßen Hintern. Dann begann Adrian mit dem Stock abwechselnd auf ihre linke und ihre rechte Hinterbacke zu schlagen.

Nach jeweils drei Schlägen hielt er inne und betrachtete die dünnen Striemen, die sich gegen die weiße Haut abzeichneten.

Candys Jammern, ihr Flehen aufzuhören, überhörte er so geflissentlich als wäre sie in ihrer Welt und er in einer eigenen. Erst nach dem zweiten Durchgang hielt Adrian inne und beugte sie zu ihr herunter.

Er hielt ihr Kinn mit der einen Hand und streichelte ihr mit der anderen durchs Haar. Er fragte sie, ob sie ihm jetzt antworten wolle. Sie erwiderte seinen Blick, dann biss sie sich auf die Unterlippe und schlug die Augen nieder. Adrian kehrte aber nicht zu seinem Platz zurück, sondern ging zu einer Schublade und entnahm ihr zwei Klammern. Mit denen kehrte er zu ihr zurück.

Adrian streichelte Candys Brüste, bis sich die Brustwarzen aufrichteten und setzte dann die Klammern, an denen Gewichte baumelten. Er warf noch einen Blick auf die Frau, die nicht zu ahnen schien was sie erwartete. Dann kehrte er an seinen Platz hinter ihrem Hintern zurück und schlug sie wieder mit der flachen Hand. Im Gegensatz zu vorher setzte er damit aber die Gewichte an den Brustwarzen in Bewegung, die jetzt bei jedem Schlag schlenkerten und an den Brustwarzen zogen.

Die ersten beiden Schläge biss sie sich noch auf die Unterlippe, aber danach stöhnte Candy auf. Er aber wartete, bis sie um Gnade bat, bis sie ihn anflehte aufzuhören. Doch darauf wartete er lange. Stattdessen änderte sich der Klang ihres Stöhnens. Als er inne hielt, ihren Hintern zu streicheln, schmiegte sich Candy in seine Hand wie eine Katze, die gestreichelt werden möchte.

Daraufhin entfernte Adrian die Gewichte und liebkoste die malträtierten Brustwarzen.

„Nun.", sagte er ruhig. „Willst du es mir jetzt sagen oder soll ich sie wieder dran machen?"

„Ich gebe es zu, ich bin keine Nutte."

„Soweit bin ich auch schon. Mehr."

Aber Candy sah ihn bloß an und wollte weiter nichts sagen.

Adrian fasste Candy am Hintern und zwang ihre Pobacken auseinander. Dann zog er seine Hose herunter. Aus der Unterhose sprang ihm sein Glied entgegen. Als er die vor ihm kniende Frau betrachtete, versteifte es sich noch mehr.

Adrian ging in die Hockte und berührte leicht Candys Scheide. Im Bruchteil einer Sekunde wurde sie nass, dass seine Hand geradezu in ihr schwamm.

„Meine Güte.", sagte er überrascht.

Da lachte sie plötzlich laut auf.

„Ich liebe das.", brach es aus ihr heraus. „Ich liebe es, wenn mich jemand in seiner Hand hat und ich alles tun muss, was er befiehlt. Ich bin eine Sklavin. Befiehl mir und ich werde verrückt nach dir. Beherrsch mich und ich werde dein gehorsamster Untertan sein."

„Ist das wahr?", fragte Adrian und steckte einen Finger tief in ihre nasse Scheide. Statt einer Antwort wurde Candy steif und stöhnte laut auf.

„In diesem Fall." Adrian trat hinter ihre gespreizten Beine und schob seinen Schwanz in sie. Kaum hatte er damit begonnen, reckte sie ihm ihr Becken entgegen. Ihm war, als würde sie seinen Schwanz verschlingen.

Adrian wollte sie hart und unbarmherzig ficken, doch sie hatte das Kommando übernommen. Candy bestimmte die Geschwindigkeit, kam ihn entgegen oder hielt seinen Schwanz in sich, wie es ihr gefiel.

Bald schloss er die Augen und ließ sich tragen. Sie fanden zu einem Rhythmus, der beiden gefiel und mit dem Grad seiner Erregung steigerte sich auch sein Tempo.

Plötzlich riss Adrian die Augen auf.

„Das könnte dir so passen, ohne meiner Erlaubnis zu kommen."

Er zog sich aus ihr zurück, löste Candys Fesseln und zerrte sie an der Leine hinter sich her zum Bett. Er setzte sich auf die Kante und deutete wortlos auf seinen Penis.

Ohne Zögern beugte sie sich vor und nahm ihn in

den Mund. Mit der Hand am Hinterkopf dirigierte er ihre Bewegungen, nicht jedoch ihre Zunge.

Candy spielte mit der Zunge an seiner Eichel, dass er schon bald die Augen schloss. Die Hand rutschte vom Hinterkopf und krallte sich in die Bettdecke.

Jedes Mal, wenn Candy bemerkte, dass sein Atem schwerer ging und er sich kaum noch beherrschen konnte, ließ sie von seiner Eichel wieder ab. Sie öffnete dann ihr rechtes Auge und blinzelte zu Adrian hoch, bis sich die Lage wieder beruhigt hatte.

Jetzt, da der Druck einen Augenblick nachließ, fasste Adrian sie schnell wieder am Kopf und dirigierte Candy wieder.

Sie fing ihrerseits zu saugen an und nahm auch wieder die Zunge zu Hilfe, dass er bald wieder gegen den Drang ankämpfen musste, unter ihren Liebkosungen nicht zu kommen.

Während sie ihn nun langsam und gleichmäßig blies und seine Erregung auf der Klippe des Orgasmus balancierte, spreizte Candy ihre Schenkel leicht und streichelte sich selbst.

Bald wurde sie wieder nass und mit seinen Schwanz im Mund entfuhren ihr unterdrückte Seufzer.

Candy massierte ihren Kitzler immer heftiger und beinahe unbewusst setzte sie auch Adrian mehr und mehr zu, bis er sich zuckend in ihr entlud.

Candy behielt seinen Schwanz im Mund, bis auch sie schließlich kam.

Sanft zog Adrian sie zu sich hoch aufs Bett, wo sie nebeneinander lagen. Nach einer Weile begann er mit ihrem Haar zu spielen.

„Oh Schatz.", sagte Candy, als sie wieder zu Atem gekommen war. „Das war wunderbar, wirklich ganz wunderbar."

„Ja, das war es." Adrian nahm sie in den Arm und drückte sie an sich.

„Aber Schatz."

„Ja?"

„Das nächste Mal, lass mich nicht wieder so lange im Regen stehen." Sie lächelte. „Ich war schon versucht einfach mit dem Nächstbesten mitzufahren, bloß damit ich mir nicht noch was abfriere."

Silvester

In diesem Jahr hatten wir Silvester nur im kleinen Kreis verbringen wollen. Es sollte nichts Großes oder Aufregendes werden. Nicht, dass wir eine große Alternative gehabt hätten. Wir waren ja eben erst nach Oberkarben gezogen. Wir kannten im Ort noch keinen Menschen. Konsequent wäre es wohl gewesen, wenn wir beide, Richard und ich, irgendwohin gefahren wären, Silvester in Paris oder in London. Aber es wäre sicher nicht so verlaufen, wie unser Silvester in Oberkarben und das wäre, rückblickend gesehen, doch Schade gewesen.

Richard lud seinen Arbeitskollegen Ralf ein und der brachte seine Frau Uschi mit. So waren wir also zu viert.

Uschi und Ralf waren überpünktlich. Ich stand noch mit umgebundener Schürze in der Küche, in den Töpfen brodelte es und Wasserdampf beschlug mir die Brille.

Ich wischte mir rasch die Hände an der Schürze ab, aber Richard war schneller gewesen als ich.

„Hallo, guten Abend", hörte ich erst eine tiefe, dann eine hellere Stimme.

„Willkommen, willkommen. Kommt rein und das ist meine Frau, Friederike."

„Herzlich willkommen." Ich wischte mir noch einmal die Hände an der Schürze ab. Wir gaben uns die Hände, dann sah ich mich Hilfe suchend nach Richard um.

„Ich muss wieder zurück, könntest du solange?"

„Ich kümmere mich solange um unsere Gäste.

Während ich in der Küche letzte Hand anlegte, servierte Richard einen Aperitif und zeigte den beiden das Haus.

Als Richard sie in den Hobbykeller führen wollte, gesellte sich Uschi zu mir in die Küche.

„Na?", lächelte ich sie an. „Keine Interesse an einer Besichtigung der Modelleisenbahn?"

„Nein, mit Modelleisenbahnen spielt Ralf selbst zu Hause, das reicht mir."

„Aber die spielen doch nicht mit ihren Eisenbahnen." Ich machte ein vorwurfsvolles Gesicht.

„Nein, natürlich nicht. Wie konnte ich nur? Natürlich spielen die nicht. Was immer es ist, was die mit ihren Eisenbahnen treiben, spielen kann man das nicht nennen."

„Anbeten", schlug ich vor.

Uschi lachte. „Aber dafür haben die doch schon uns. Was müssen sie sich da noch ein goldenes Kalb ins Haus holen?"

Uschi war mir auf Anhieb sympathisch. Sie hatte eine offene Art und schien gerne und oft zu lachen. Sie war ohnehin eine Erscheinung, die ins Auge fiel, einen Kopf kleiner als ich, zierlich und niedlich anzuschauen. Dabei hatte sie ein für ihre Figur üppiges Dekolleté, das sie auch gerne betonte. Von meinem erhöhten Standpunkt aus hatte ich jedenfalls einen tiefen Einblick.

In erster Linie waren es aber gar nicht Uschis Oberweiter und ihr runder Po, die sie so attraktiv machten, sondern eben ihr Lächeln, die wachen

Augen und ihr erdbeerroter Schmollmund, der einen für sie einnahm. Dazu kam noch eine rauchige, sinnliche Stimme. Wenn sie redete, stellten sich einem die Nackenhaare auf und etwas begann in einem zu vibrieren.

„Kann ich dir bei etwas helfen?" fragte Uschi in meine Betrachtungen hinein.

„Nein, danke. Ich denke, ich habe soweit alles im Griff." Instinktiv sah ich mich in meiner Küche um. „Den Tisch müsste ich noch decken."

„Dabei kann ich dir doch helfen."

„Ach was, das geht schon."

Uschi und ich taten gleichzeitig einen Schritt nach vorne in Richtung der Anrichte, wo ich Teller schon bereitgestellt hatte. Plötzlich war ihr Gesicht nur Zentimeter von meinem entfernt. Ich spürte ihren Atem auf meiner Wange.

„Was macht ihr beiden denn da?" Uschis Mann erschien im Türrahmen.

„Den Tisch decken", lachte sie.

„Richard, deine Frau hat gerade versucht meine Gattin zu verführen."

Postwendendes Gelächter aus dem Treppenhaus, wo Richard gerade aus dem Keller zurückkehrte, war die Antwort.

Trotzdem spürte ich, wie ich mit einem Mal flammend rot wurde. Uschi sah es auch.

„Red nicht so einen Unsinn. Du machst Friederike verlegen."

„War doch nur Spaß."

„Mach dich lieber mal nützlich." Uschi nahm den Stapel Teller von der Anrichte und drückte ihn ihrem überraschten Mann in die Hand. „Bring die

ins Esszimmer und lass dir von Richard die Platz-
decken zeigen. Dann könnt ihr beiden den Tisch
decken. Erst Friederike alle Arbeit machen lassen
und sich dann auch noch über uns amüsieren, das
könnte euch so passen."

Mit übertrieben schuldbewusster Miene und einem
Zwinkern in den Augen machte Uschis Mann, dass
er aus der Küche kam und steuerte das Wohnzimmer an, mit Richard im Schlepptau.

„Sehr energisch, deine Frau", hörte ich Richard
noch frotzeln. „Wer hat denn bei euch zu Hause
die Hosen an?" Dann schloss Uschi die Küchen-
türe.

Eine Viertelstunde später saßen wir alle zusammen am Esstisch bei der Vorspeise. Im Vorfeld
war ich nervös gewesen, dass wir einander nichts
zu sagen haben würden, aber diese Sorge war
unbegründet. Ralf und Richard verstanden sich so
gut, dass man meinen musste, sie wären schon
seit Jahren miteinander befreundet und Uschi war
ja auch kein Mensch, der auf den Mund gefallen
wäre.

„Was ist das eigentlich für eine Feder da im Bilder-
rahmen?", wollte Ralf wissen.

„Das ist eine Pfauenfeder, Dummchen", lachte
Uschi.

„Sollen wir es ihnen erzählen, Liebling?", fragte
Richard.

Ich war gerade in der Küche gewesen und
hatte die Vorspeise abgeräumt, deshalb hatte
ich die Frage nicht mitbekommen und nickte nur
zerstreut.

Daraufhin wurde Richards Grinsen noch eine Spur breiter. Wir hatten dem guten Wein, den Richard Tags zuvor eingekauft hatte, alle miteinander reichlich zugesprochen. Keiner konnte für sich in Anspruch nehmen, nicht mehr oder minder beschwipst zu sein.

„Klingt geheimnisvoll", sagte Uschi. „Also, raus mit der Sprache. Jetzt kannst du keinen Rückzieher mehr machen."

„Vorher mache ich uns noch eine Flasche auf."

„Ohje", machte Ralf. „Ich hoffe, das stimmt, dass es bei euch ein Gästezimmer gibt und ihr uns nicht bloß auf den Arm genommen habt."

Klar haben wir ein Gästezimmer. Das wird nur gerade renoviert."

„Halb so wild. Dann zwängen wir uns zu euch ins Bett und rücken alle zusammen." Uschi lachte und zwinkerte mir zu.

„Gruppenkuscheln.", schlussfolgerte Richard. Dann löste sich der Korken mit einem Plopp aus der Flasche. In diesem Augenblick nahm Ralf die gerahmte Pfauenfeder von der Wand.

Überrascht sah ich zu meinem Mann herüber, aber der schenkte ungerührt ein.

„Eine Pfauenfeder im Haus, das ist ja an sich nichts Ungewöhnliches, aber warum hinter Glas?"

„Die Feder ist ein Andenken an unsere Hochzeitsreise, die wir in Schweden verbracht haben. Am Tag vor der Abreise haben wir noch einen Spaziergang im Wald gemacht. Es war drückend heiß. Im Schatten der Bäume war es noch am erträglichsten. Nachdem wir eine Weile gegangen waren, sah ich auf dem Feldweg diese Feder liegen." Richard lächelte hintersinnig. Ich kannte diesen Gesichtsausdruck bei ihm und schüttelte energisch den Kopf, was Uschi nicht entging.

„Aha.", triumphierte sie. „Es gibt ein Geheimnis um die Feder. Machen wir einen Deal: Ihr erzählt eure Geschichte und wir revanchieren uns."

Uschi sah mich so eindringlich an, dass ich einen Augenblick zögerte, ehe ich langsam den Kopf schüttelte.

„Keine weitere Diskussion. Zu gutem Essen und gutem Wein gehören gute Geschichten.", bohrte er weiter.

Das war mein Stichwort. Ich musste in die Küche, den nächsten Gang aufzutragen.

Rolf nickte. „Jetzt hat Uschi Blut geleckt. Da lässt sie sowie so nicht mehr locker."

„Ich finde also die Feder.", setzte Richard gerade an, als ich aus der Küche zurückkam.

„Wenn schon, dann erzähle ich.", unterbrach ich Richard sofort wieder. „Und auch das erst, wenn alle etwas auf dem Teller haben."

Nachdem sich alle aufgetan hatten, räusperte ich mich.

„Wir sind ganz Ohr.", lächelte Uschi.

„Als Richard die Feder fand, hat er sich natürlich gleich darauf gestürzt und sie aufgehoben."

„Und sie hat natürlich gezetert, ich solle sie liegen lassen. Der Vogel könnte krank gewesen sein. Pfauen in Schweden." Richard grinste zu mir herüber.

Ich sah ihn so strafend an, dass er es vorzog meinem Blick auszuweichen, indem er sich hinter seinem Glas versteckte.

„Richard hat sie also nicht liegengelassen.", fuhr ich fort. „Stattdessen musste er mit der Feder rumspielen und mich damit ärgern. Es war ja sehr heiß gewesen und wir natürlich dementsprechend angezogen, Richard mit TShirt und kurzer Hose, die seine blassen, behaarten Beine besonders zur Geltung brachten."

„Meine wohl geformten Waden hast du vergessen zu erwähnen."

„Entschuldigung. Deine blassen, wohlgeformten und entsetzlich behaarten Beine."

„Und du?", zwinkerte Uschi.

„Ein Top und ein kurzes Röckchen mit offenen Halbschuhen. So wenig Stoff am Leib wie möglich war die Devise des Sommers. Vom ersten Augenblick an war klar, dass Richard mich mit der Feder früher oder später kitzeln würde. So ist das berühmte Kind im Manne eben. Am Ende war es dann eher früher als später. Zuerst hat er es ja noch ganz züchtig versucht, am Nacken und unter den Achseln, aber das hat nicht geklappt, weil ich ihm immer weggelaufen bin." Ich lächelte bei der Erinnerung.

„Aber dann habe ich dich doch gekriegt."

„Stimmt. Irgendwann hat er mich dann doch noch eingeholt. Ich stand gegen einen Baum gelehnt und war ein wenig in den Wald hinein gerannt. Ich wollte wieder zu Atem kommen. Da hat er mich mit einer Hand gegen den Stamm gedrückt, damit ich ihm nicht mehr weglaufen konnte. Mit der Feder hat er mich an den Beinen gestreichelt.

Ein eigenartiges Gefühl, wenn sie so über die Beine streicht, so sanft, so leicht. Ich hielt still und

Richard merkte, dass es mir gefiel."

Richard grinste, als wolle er sagen, dass er schon von vorneherein gewusst hatte, dass es mir gefiele.

„So nah am Schritt löste die Feder ein eigenartiges Kribbeln bei mir aus und ich lupfte kurz entschlossen den Rock an. Aber durch den Slip spürte ich nichts, also zog ich ihn kurzerhand aus. So stand ich untenrum nackt in einem schwedischen Wald, gegen einen schwedischen Baum gelehnt, während mein Göttergatte mich mit einer gefundenen Pfauenfeder zwischen den Beinen streichelte."

„Bist du da eigentlich rasiert?", fragte Ralf.

„Ralf schwört auf Intimrasur", lächelte Uschi.

Die Wimpern niederschlagend bejahte ich die Frage.

„Teilrasiert.", sagte ich.

„Wie ging es weiter?"

„Als ich merkte wie sehr es Friederike gefiel, habe ich sie auch anderen Stellen gestreichelt, an den Armen, Hals, Ausschnitt. Dann hat sie noch den Top ausgezogen und stand mit einem Mal ganz nackt da. Was für ein Anblick, die Frau, die ich liebe so wie die Natur sie geschaffen hat gegen diesen Baum gelehnt in diesem warmen Waldlicht."

„Dann hat er mich am ganzen Körper mit der Feder gestreichelt. Ich kam mir vor wie eine Prinzessin, wie eine Königin."

„Das stelle ich mehr sehr sinnlich vor.", sagte Uschi nachdenklich. „Dieses Gefühl auf nackter Haut, ein leichter Wind und das schwere Licht, das durch die Baumkronen sickert."

„Es war märchenhaft. Das zärtlichste Liebesspiel, das wir jemals hatten.", bestätigte ich.

„Das war die Geschichte von der Pfauenfeder", sagte Richard und hängte den Rahmen wieder zurück an die Wand."

„Ich hoffe es schmeckt.", erkundigte ich mich.

Uschi nickte.

„Phantastisch.", sagte Richard.

„Dann kann ich ja den nächsten Gang holen."

„Wir bitten darum.", sagte Ralf galant.

„Und während wir essen, seid ihr mit eurer intimen Geschichte an der Reihe."

„Mit Frischluft können wir dabei nicht aufwarten, im Gegenteil. Das Aufregendste, was wir zusammen erlebt haben, war in einem Club."

„Dein Vorgänger hat uns die ganze Zeit davon vorgeschwärmt.", sagte Uschi an Richard gewandt. „Da mussten wir es einfach irgendwann mal ausprobieren."

„Klingt immer sehr anrüchig, wir sind in einen Club gegangen, aber es war ganz anders als man sich das gemeinhin so vorstellt. Der Club war gut besucht, meist Paare und alles Leute wie du und ich, die ein bisschen Würze in ihren Alltag bringen wollten, damit keine Langeweile aufkommt."

„Wir haben uns zuerst nur umgesehen. Ich hatte mir ja eigentlich vorgenommen, dass es mir nicht gefallen würde. Aber es sah aus wie in jeder beliebigen Bar, bloß dass das Publikum konsequent Unterwäsche trägt und überall im Raum Leute miteinander knutschen oder ungeniert in der Öffentlichkeit Sex haben."

„Wird man da nicht alle naselang angemacht?", fragte Richard, als ich aus der Küche zurückkam.

„Oh, ihr habt schon angefangen?" Obwohl mir mit

dieser, wir erzählen uns Geschichten aus unserem Sexleben Sache nicht ganz wohl war, war ich dennoch enttäuscht.

„Du hast nichts verpasst.", lächelte Uschi.

„Natürlich wird man gefragt, ob man nicht mitmachen möchte.", fuhr Ralf fort, als sich alle genommen hatten. „Aber sehr diskret und keiner ist beleidigt, wenn man nicht will. Außerdem ist es ja so, wenn alle es machen, sinkt deine eigene Hemmschwelle mitzumachen werden und darum geht's ja schließlich auch bei einem Clubbesuch."

„Wir haben uns also erstmal nur umgesehen und unseren Cocktail getrunken. Im Eintritt sind ja zwei Freigetränke enthalten."

„Um Hemmungen abzubauen.", warf mein Mann ein. „Derselbe Plan, den ich mit dem Wein verfolge." Er warf Uschi einen eindringlichen Blick zu. Sie lächelte warm zurück

„Ein Raum voller nackter Menschen, nackte Körper, Stöhnen und Seufzen überall. Der Geruch von Sex liegt in der Luft. Das lässt niemanden auf Dauer kalt. Sex ist das Beste aller Aphrodisiaka.", sagte Uschi. „Wir sehen gerade einem Paar zu, einem älteren Mann mit silbernem Haar und einer blutjungen Thailänderin, als mich jemand von hinten am Handgelenk packte. Ich drehte mich einigermaßen erschrocken um. Vor mir stand eine Frau mittleren Alters mit kurzen Haaren. Um die vierzig, würde ich schätzen. In einem Kostüm würde sie ausgesehen haben wie eine Geschäftsfrau. Im Club hatte sie aber bis auf ein knappes Spitzenhöschen nichts am Leib. Sie hatte spitze Brüste mit großen Brustwarzen und niedliche Falten um die Augen, als würde sie oft lachen. Sie zog mich an sich ran und küsste mich. Ich spürte wie ihre Brüste sich gegen meine rieben und war augenblicklich erregt, obgleich ich bis dahin keinen Gedanken an Sex mit einer Frau verschwendet hatte. Die Atmosphäre im Club und die Selbstverständlichkeit, mit der sie mich geküsste hatte waren schuld.

Die Frau nahm auch Ralf bei der Hand und zog uns beide auf das nächstgelegene Bett." Ralf grinste uns an.

„Ich heiße Marina, fauchte sie.", fuhr Uschi fort. „Das war alles an Konversation für den Augenblick. Marina stand nicht der Sinn nach Unterhaltung, jedenfalls keiner verbalen. Sie wollte uns.

Ohne Umschweife zog Marina mir den Büstenhalter aus und begann meinen Busen zu küssen und meine Brustwarzen mit der Zunge zu verwöhnen. Parallel dazu hatte sie schon ihre Hand bei Ralf im Schritt, der in vorauseilendem Gehorsam bereits eine beträchtliche Beule in der Hose hatte." Uschi lächelte süffisant.

Ich bemerkte, dass sie nur mit einer Hand aß und wunderte mich, dass sie doch keine Amerikanerin sei, als ich eine plötzliche Eingebung hatte, wo sich die andere befinden mochte. Einen Moment lang war ich versucht meine Servierte fallen zu lassen und einen Blick unter den Tisch zu riskieren, traute mich aber endlich nicht.

Uschi fing meinen Blick auf und da wusste ich, dass mein Verdacht nicht unbegründet gewesen war. Ich sah rasch zu Ralf und Richard herüber, die nichts ahnten.

„Wir mussten eigentlich nichts machen und brauchten uns nur zurückzulehnen.", erzählte Uschi weiter. „Nachdem Marina Ralf die Hose ausgezogen hatte, verwöhnte sie ihn gleich mit dem Mund, während sie mich zwischen den Beinen streichelte. Was mir mich am meisten dabei erregte, war tatsächlich einer wildfremden Frau dabei zuzusehen wie sie meinen Mann befriedigte. Für gewöhnlich hat man ja eine andere Perspektive. Jetzt konnte ich entspannt zuschauen und es war ein geiler Anblick wie sie ihn in den Mund nahm als wäre es ein Eis.

Dann änderte Marina die Stellung. Jetzt war ich es, der von ihr mit dem Mund verwöhnt wurde, mit einer Zunge behänder als so manche Hand."

„Mir reckte sie den Hintern entgegen.", sagte Ralf. „Und Marina hatte einen herrlichen Hintern, üppig gerundet, ohne einen Gramm überschüssiges Fett, und wenn ich über sie hinweg sah, konnte ich ihr dabei zusehen wie sie sich mit Uschi beschäftigte. Ich sah die Lust in ihren Augen." Er blickte Uschi direkt an. „Wie du dir die Busen gestreichelt hast und auf die Unterlippe gebissen, wenn sie deine Perle verwöhnt hat. Als ich in sie eindrang, stöhnte sie auf und blickte sich nach mir um. Sie hatte Feuer in den Augen."

„Und das war unser ungewöhnlichstes Erlebnis.", schloss Uschi. „Aber ich glaube, wir sollten langsam mal rausgehen."

Richard sah auf seine Uhr.

„Stimmt. Gleich zwölf Uhr. Schatz, kümmerst du dich um den Sekt?"

Während die anderen drei sich anzogen, vor das Haus gingen und die Feuerwerkskörper vorbereiteten, stand ich in der Küche und bereitete den Sekt vor.

Als der Korken sich mit einem Plopp löste, stand plötzlich Uschi hinter mir. Ich hatte sie nicht kommen gehört und erschrak mich.

Ich wollte dir tragen helfen.", sagte Uschi. „Ist doch unfair, wenn wir uns amüsieren und du uns bedienst."

„Ist doch nur ein Tablett.", lächelte ich. „Das kriege ich schon noch getragen."

Uschi nahm mir die Sektflasche aus der Hand. Plötzlich stand sie dicht vor mir und im nächsten Augenblick spürte ich ihre Lippen auf den meinen. Nach einer Schrecksekunde erwiderte ich den Kuss. Ihre Lippen fühlten sich weich und warm an und schmeckten nach Dessert.

„Du hast dich unter dem Tisch gestreichelt", sagte ich nach dem Kuss.

„Und du bist die einzige, die es bemerkt hat." Uschi legte ihre Hand auf meinen.

Ich spürte, wie meine Nippel sich aufrichteten und gegen meine Bluse zu scheuern begannen.

„Was ist, wenn jetzt einer reinkommt?"

„Die beiden sind da draußen beschäftigt, zeigen sich gegenseitig ihre Autos. Glaub mir, wir haben mehr Zeit als wir brauchen werden."

Sie küsste mich am Hals und den Ohrläppchen, während sie sich gleichzeitig daran machte meine Bluse aufzuknöpfen.

Ich hatte eine Heidenangst, dass Ralf oder Richard nach uns sehen und uns in flagranti erwischen würden. Auf der anderen Seite wollte ich Uschi unbedingt nackt sehen, ihre Busen berühren, ihre Brustwarzen unter meinen Fingerspitzen spüren, dass mich nichts mehr dazu bringen konnte sie zu bremsen.

Uschi war inzwischen mit meiner Bluse fertig und hatte meine Busen enthüllt. Sie fing an mich zu küssen und ich ließ sie gewähren, stützte mich an der Arbeitsfläche ab. Ihre weichen Lippen verwöhnten meinen Busen, ihre Zunge meine Brustwarzen. Ich schloss die Augen und streichelte Uschis Kopf.

„Du bist wunderschön.", sagte Uschi und strich mit den Fingern über das Tal zwischen meinen Brüsten zum Bauchnabel und noch etwas tiefer.

„Gefällt dir das, wenn ich dich so berühre?"

Anstelle einer Antwort nahm ich ihre Hand, legte sie mir auf den Busen und sah ihr fest in die Augen.

Uschi verstand und fuhr fort meine Busen zu streicheln, zu küssen und zu massieren. Ich ließ mich gehen und ließ mich gehen wie nie zuvor. Vor Uschi hatte ich nicht das Gefühl, dass ich mich zügeln musste. Jedes Seufzen, mein Stöhnen, jedes Quieken vor Lust, stachelte sie nur an.

Bald hatte sie mir die Hose förmlich heruntergerissen und sie streichelte mich zwischen meinen Beinen, während sie mich küsste.

Wenn sie mir in eine Brustwarze zwickte, dass ich vor Schmerz aufstöhnte, streichelte sie mich im nächsten Augenblick wieder so zärtlich, dass ihre Fingerkuppen kaum meine Haut berührten.

Mal drang sie mit mehreren Fingern zugleich in

mich ein und nahm mich mit Gewalt, dann strich sie wieder sanft mit ihnen über meine nassen und geschwollenen Schamlippen. Ich zappelte dann ungeduldig und wollte sie wieder in mir spüren.

Allmählich wuchs in mir das Verlangen, Uschi nackt zu sehen und sie ähnlich zu verwöhnen. Die Gelegenheit ergab sich, als sie einmal einen halben Schritt zurück trat und mich betrachtete.

„Wenn du erregt bist, blühst du regelrecht auf. Du wirst von Augenblick zu Augenblick schöner."

Um nicht in Tränen auszubrechen, löste ich mich von der Arbeitsfläche, gegen die ich mich gelehnt hatte und umarmte sie. Ich überschüttete Uschi mit Küssen. Ich küsste sie auf den Mund, den Nacken, den Hals und zog ihr gleichzeitig mit fliegenden Fingern die Bluse aus. In diesem Augenblick war Uschi der schönste Mensch der Welt.

Wie im Rausch liebkoste ich ihre Brüste, samtweich und zugleich fest, ihre aufgerichteten Brustwarzen und den tiefen Nabel.

Als ich vor Uschi auf die Knie ging und ihr den Rock auszog, stellte ich fest, dass sie keinen Slip trug. Uschi legte mir die Hände auf den Kopf und drückte mich sanftem Nachdruck gegen ihren Schoß. Als erstes roch ich ihre Lust, dann schmeckte ich sie. Ihre Schamlippen waren zart und vor Erregung angeschwollen, gleichzeitig schmeckte sie ein wenig herb und salzig, was mich an das Meer erinnerte.

Wild und weich, das passte zu Uschi. Mit der Zunge forschte ich nach dem Ursprung der Quelle ihrer Lust und wurde fündig. Nebenbei entdeckte ich Uschis Perle, die sich im Folgenden als äußerst empfänglich erwies.

Ein wenig Knabbern mit den Lippen, ein wenig Saugen und sanfter Druck mit der Zunge, schon krallte Uschi in unkontrollierter Ekstase ihre Finger in mein Haar, stieß einen spitzen Schrei aus und kam zu ihrem Orgasmus.

Es gelang uns eben noch uns wieder anzukleiden und herzumachen, als Ralf und Richard das Haus wieder betraten.

„Was ist denn hier los, was braucht ihr so lange?", wollte Richard wissen.

„Wir haben Schwierigkeiten mit den Flaschen.", sagte Uschi schlagfertig.

Ihr Mann grinste. „Künstliche Befruchtung und eine Maschine, um Verschlüsse zu öffnen und wir Männer wären überflüssig."

Richard hatte die Flasche in wenigen Handgriffen geöffnet und verteilte die Gläser.

„Jetzt aber schnell, ehe es anfängt."

„Aufgeschoben ist nicht aufgehoben.", flüsterte Uschi beim Hinausgehen ins Ohr. „Beim nächsten Mal kommst du auch zum Höhepunkt." Dann gab sie mir noch einen flüchtigen Kuss.

Nervös sah ich mich um, ob es jemand mitbekommen hatte. In diesem Augenblick drehte sich Ralf nach mir um. Ich hatte den Eindruck, er zwinkerte mir zu, aber beschwören hätte ich es nicht können. Nach dem Silvester kam noch das Dessert. Danach saßen wir zu viert im Wohnzimmer beisammen und unterhielten uns bis in den frühen Morgen hinein.

Was meinen Höhepunkt anbelangte, so hielt Uschi Wochen später ihr Wort.

Pygmalion

„Wohin des Wegs?", kreischte Sophia und stürzte aus der Traube der Feiernden auf ihn zu. „Wir bekränzen deine Statuen mit Lorbeer und mit Granatapfelzweigen und du schleichst dich?"

„Die Kränze sind zum Lob der Götter.", wandte Pygmalion ein. „Von wem die Statuen sind, spielt keine Rolle."

„Du machst die Unsterblichen unsterblicher." Sophia drehte sich wie ein Kreisel um sich selbst, die Hände hoch über den Kopf erhoben. Als sie wieder zum Stehen kam, entblößte sie ihre Brüste und hielt sie ihm entgegen, als böte sie Melonen zum Verkauf an.

„Ich will dir Modell stehen, Pygmalion. Mach mich unsterblich."

Der Bildhauer schüttelte nur den Kopf und wandte sich um. Aus den Augenwinkeln sah er noch, wie Timaios, der Schmied, torkelnd hinter die Betrunkene trat, die Arme ausgestreckt, die Pranken gespreizt, um die bloßen Brüste zu packen. Im Weggehen hörte Pygmalion die dröhnende Stimme, die Hammer und Esche mühelos übertönte.

„Lass mich durch dich weiterleben, Sophia, wenn ich schon nicht unsterblich werden kann."

Beide lachten grölend.

In einem Hauseingang stand der Maurer Agathokles breitbeinig, den Schurz zwischen den Knöcheln und bearbeitete jemanden von hinten, den der Bildhauer im Schatten nicht erkennen konnte. Seine Ehefrau war es jedenfalls nicht. Die hockte um die Ecke zwischen den behaarten Knien eines Mannes, beide Hände flach auf den nackten Pobacken.

Als Pygmalion die beiden kopfschüttelnd passierte, blickte sich der Mann eben um.

„Ho, Pygmalion! Wieder der erste, der geht?"

„Du weißt, was ich von dieser Orgie halte, Kreon. Es widert mich an zu sehen wie aller Sitte, Anstand und Moral gespottet wird. Ist das nicht Agathokles Weib?"

Die Frau lugte zwischen Kreons Knien hervor und blickte Pygmalion mit glasigen Augen an.

„Scher dich um deinen eigenen Dreck." Damit verschwand sie wieder hinter dem Maler. Der lachte. Pygmalion schüttelte wieder den Kopf und wollte gehen.

„Sei doch nicht so, so streng und gut. Heute gönnen uns Aphrodite und Dionysos einen Urlaub von Anstand und Moral. Dafür danken wir ihnen mit Opfern und bekränzen ihrer Bilder."

„Was sagen wohl Hera und die jungfräuliche Demeter dazu?" Pygmalion deutete auf den ruckenden Kopf von Agathokles Frau.

„Gib einem jeden Gott was ihm gebührt, wann es ihm gebührt."

„Du lästerst."

Pygmalions ganze Haltung war eine einzige Missbilligung. Er konnte nicht glauben, dass sein Freund so ruhig mit ihm argumentierte, während eine Frau ihn zu seinen Füßen bediente. Als ginge es den Kopf nichts an, was der Unterleib triebe.

„Ich gehe in meine Werkstatt.", sagte er laut. „Dionysos habe ich Wein geopfert und Aphrodite

Weihrausch. Ich habe meine Schuldigkeit getan."

„Du bist ein falscher Frömmler, Pygmalion. Aber das sage ich dir ja nicht zum ersten Mal. Du kannst dich nicht vor den einen ducken und die anderen gering schätzen, denn alles ist miteinander verwoben, die Keuschheit mit der Wollust, Völlerei mit dem Hunger."

Aber Pygmalion war schon weiter gegangen und hörte ihn nicht mehr. In seiner Werkstatt zog er das Tuch von einem großen Steinblock und betrachtete sein neuestes Werk. Viel gab es für das unkundige Auge nicht zu sehen. Dem zufälligen Betrachter musste es scheinen, als sei der Marmor noch unangetastet und eben erst vom Steinbruch angeliefert.

Allein der Meister vermochte die im Quader verborgenen Konturen zu schauen, und der schauderte beim Anblick des Steins, legte die eben erst ergriffenen Werkzeuge wieder zurück.

Gänzlich unbehauen war der Block jedoch nicht. Links unten in der Ecke war ein Fuß aus dem Stein gehauen. Schon allein dieser Fuß hätte ausgereicht Pygmalion für alle Zeiten als größten Bildhauer zu rühmen. Dabei war es nicht so sehr der Fuß an sich, der so außergewöhnlich war, als vielmehr seine Gestaltung. Jede Ader, jede Rille des Zehennagels hatte Pygmalion naturgetreu wiedergegeben. Es hatte den Anschein, als stünde eine leibhaftige Frau hinter dem Quader verborgen und nur ihr Fuß wäre zu sehen. Man meinte, jeden Moment müsse sie hervortreten, die Muse des Meisters, und verlegen lächelnd die Spangen an ihrem Gewand befestigen.

Seit einem Monat hatte niemand mehr Pygmalion zu Gesicht bekommen. Die Lebensmittel bekam er vor die Türe geliefert. Die Fenster seines Hauses waren zu jeder Zeit verrammelt. Den Magistrat hatte er unterrichten lassen, dass er nie wieder einen Auftrag für die Stadt übernehmen würde, sollte jemand versuchen einen Blick in seine Werkstatt zu erhaschen. Gleichzeitig hatte er angekündigt von jedem Magistratsmitglied kostenlos eine Büste zu fertigen, war sein Werk glücklich vollendet. Seither bewachten schwer gerüstete Hopliten sein Haus.

Solche Maßnahmen entfachten die Neugierde der Städter. Nichts wünscht man dringlicher zu erfahren als etwas, das man nicht wissen soll. Wie der Sumpf eine Brutstätte für Mücken ist, so wurde Pygmalions geheimes Schaffen Geburtshelfer für allerlei Gerüchte.

Einige meinten, wenn der Meister so lange an einem Werk arbeitete und es niemanden zeigen wolle, so müsse es sich um eine große und heilige Sache handeln. Man wollte sogar wissen was es sei, eine Gruppe, den Kampf der Götter gegen die Kinder der Erde darstellend.

Andere argumentierten, Pygmalion hätte schon viele Götter in Stein verewigt und nie so ein Geheimnis daraus gemacht. Dass niemand das Werk vor der Vollendung sehen dürfe, bedeute, dass der Meister seiner Stadt und seinen Mitmenschen ein Denkmal setzen wolle. Darum die Heimlichtuerei, damit ihm niemand dreinrede wie er diesen oder jenen darzustellen habe.

An Feiertagen, wenn der fromme Bildhauer seine Werkstatt ausnahmsweise zu verlassen pflegte, den Göttern zu opfern, trug jeder seine besten Sachen und verwandte viel Zeit auf die Toilette. Man achtete darauf, nur schöne Gesten zu machen, um von Pygmalion nicht in einer unvorteilhaften Pose abgebildet zu werden. Man tritt der Ewigkeit nicht gerne sich am Kopf kratzend gegenüber.

Eine beklagenswert große Anzahl seiner Mitbürger glaubte jedoch schlicht, der Meister würde schrullig. Es gäbe kein geheimnisvolles Werk. Bestenfalls mache sich Pygmalion über sie lustig. Ausgerechnet sein Freund, Kreon, der Maler, führte diese Fraktion an.

Das Werk gedieh indessen langsam, aber stetig. Der Kopf war bereits fertig gestellt. Glattes Haar umrahmte das eher schmale Gesicht, aus dem große Augen nachdenklich auf den Betrachter zu blicken schienen. Die schmale Ober und die vollere Unterlippe gaben in Kombination mit der Stupsnase dem Gesicht etwas Unschuldiges, beinahe Kindliches. Kein Gesicht, das sich verzerren würde in schrecklicher Lust. Wenn Pygmalion es betrachtete, erwachte in ihm der Wunsch, es lächeln zu sehen. Er dachte dann an Sonnenuntergänge über dem Meer, an die Liegen, die in dem Garten hinter seinem Haus standen und von denen aus man an klaren Tagen bis zur nächsten Insel sehen konnte. Er stellte sich schweigendes Beieinanderliegen vor und wie sie versonnen lächelnd zum Meer hinausblicken würde. Und er würde ihr Lächeln betrachten.

Dem Fuß folgend war das Bein bereits gestaltet, endete aber an der Hüfte unvermittelt im Marmorblock. Auf der rechten Seite schälte sich ein Arm aus dem rosa geäderten Stein. Leicht abgewinkelt schien sich die Hand auf die Hüfte zu stützen, die, erst grob zurechtgehauen, nur zu erahnen war.

Der Kopf thronte nicht auf einem schlanken Hals, sondern schien wie scharfkantigen Stein geklebt. So glich die Statue noch einem Mosaik, das jemand mit mehr Begeisterung als Sachverstand ungeschickt zusammengefügt hatte. Pygmalion gestaltete sein Werk jedoch mit Bedacht auf diese Weise. Indem er mal hier, mal dort arbeitete, wollte er den Augenblick, da er sie in ihrer ganzen Schönheit erblicken würde, so lange wie möglich herauszögern.

Er tat das nicht aus Furcht vor Spionen, sondern aus einem unbestimmten Misstrauen gegen sich selbst heraus. Diese Statue rührte ihn mehr an, als jede andere Arbeit, die er je angefangen. Sie rührte ihn mehr an, als die meisten Menschen, denen er begegnet war. Er war fasziniert von der kindlichen Unbekümmertheit, die sie ausstrahlte und gleichzeitig umgab sie eine zurückhaltende, bescheidene Aura, als wäre sie Kind und Mutter zugleich.

Pygmalion ertappte sich mehr als einmal dabei, wie er sich während der Arbeit vorstellte wie es aussähe, wenn sie sich bückte, den Kopf lauschend schief legte oder aus vollem Herzen lachte oder wie es aussähe, wenn sie weinte. Manchmal glaubte er zu wissen wie es aussähe, wenn sie sich am Morgen vor dem Spiegel frisierte, wie eine Erinnerung an etwas, das noch nicht geschehen ist.

So langsam und gewissenhaft Pygmalion auch

arbeitete, sein Werk näherte sich doch der Vollendung. Schon galt es, nur noch letzte Unebenheiten auf der linken Brust auszugleichen. Ein kleiner Stoß mit dem kleinsten Meißel, noch mit feinem Sandpapier die Stelle blank polieren, dann wäre sie vollendet.

Pygmalion trat einen Schritt zurück. Sie war schön. Sie war vollendet. Die rote Sonne, die eben im Meer versank, verlieh ihr einen rosa Teint und machte die Illusion, sie sei am Leben perfekt. Pygmalion trat näher an die Steinerne. Mit kritischem Künstlerblick betrachtete er die Stelle, an der er zuletzt gearbeitet hatte. Die kundigen Hände befühlten den Stein nach Unebenheiten, die sich dem Auge verbergen mochte, doch wie seine Finger über den Stein glitten, der ihren Busen bildete, musste das auf einen heimlichen Beobachter wirken wie das Liebkosen einer Geliebten.

Pygmalion strich ihr mit dem Handrücken über die Wange, über die gemeißelten Haare und schüttelte den Kopf wie einer, der aus einem Tagtraum erwacht. Er trat wieder einen Schritt zurück und fand es plötzlich ungehörig, dass sie unbekleidet war. Dabei musste man genauer hinsehen, um zu bemerken, dass sie nackt war. Ihr Blick und ihre Haltung hatten etwas so Selbstverständliches an sich, dass man sie sich gar nicht anders vorstellen konnte als in diesem Zustand.

Plötzlich schämte sich Pygmalion, dass er nicht für eine Bedeckung gesorgt hatte. Er eilte die Stufen zu seiner Dachwohnung herauf und kehrte mit einem Leinenkittel zurück.

Was für den groben Körper des Bildhauers angemessen war, war jedoch eine Zumutung für die zierliche Gestalt der Marmornen. Der Kittel wirkte an ihr, als hätte man ihr einen Sack übergestülpt und wo sie unbedeckt blieb, wirkte sie nun auf obszöne Weise nackt.

Am nächsten Morgen, in aller Frühe, sah man Pygmalion zum ersten Mal seit Wochen wieder in der Stadt. Er kaufte ein Gewand aus hellblauer Seide und verschwand wieder in seinem Haus, ohne mit jemand anderem als dem Tuchhändler gesprochen zu haben.

An diesem Abend trug Marmorne ein blaues Gewand, am nächsten ein Weißes und silbernen Schmuck dazu. Den dritten Abend verbrachte sie nicht mehr in der Werkstatt, sondern in seiner Stube und vor dem Schlafengehen wünschte ihr Pygmalion eine gute Nacht und streichelte zärtlich über ihre Wange. Doch der harte Stein erwiderte seine Berührung nicht. Lange betrachtete der alte Meister sein Werk daraufhin und es wollte scheinen, als glitzerten in seinen Augen Tränen.

Der nächste Morgen fand ihn schon kurz nach Tagesanbruch in seinen besten Kleidern auf dem Weg zum Tempel der Hera.

Vor ihrem Altar ging Pygmalion auf die Knie. Er wartete, bis sein Weihrauch zu brennen begonnen hatte und richtete dann seine bescheidene Bitte an die Götterfürstin, sie möge ihm eine Braut schenken, die der Marmornen gleiche. Ebenso sittsam und tugendhaft schön solle sie sein.

Auf dem Thron des abwesenden Göttergatten sitzend, vernahm die Göttin diese Bitte und schüttelte langsam und bestimmt den Kopf. Verglichen mit seinem neuesten Werk waren die Statuen, die er ihr zu Ehren geschaffen hatte von der Eleganz einer Seekuh. Auf keinen Fall würde sie ihn dafür noch belohnen.

Da näherte sich Aphrodite der Herrscherin, beugte sich vor und flüsterte ihr etwas zu. Sie überredete Hera die Bitte zu gewähren und es ihr zu überlassen dem Bildhauer Demut und Gottesfurcht beizubringen, als Strafe für die mangelnde Verehrung, die er ihr selbst entgegenbrachte.

Eben wollte sich Pygmalion gesenkten Hauptes vom Altar erheben, als eine Taube ins Tempelinnere flog, in Panik geriet, weil sie den Ausgang nicht wieder fand und zweimal um Pygmalions Kopf flatternd schließlich auf der Schulter des überlebensgroßen Standbild der Hera landete.

Ein Priester trat zum erschrockenen Bildhauer und legte ihm die Hand auf die Schulter.

„Worum immer du die Göttin gebeten hast, Pygmalion, sie ist dir gewogen. Selten habe ich ein deutlicheres Zeichen gesehen."

Ein Strahlen erschien auf dem Gesicht des Meisters und er stürmte aus dem Tempel, ohne dem Priester Dank zu sagen.

Immer noch im Laufschritt eilte Pygmalion den steilen Weg zu seinem Haus hinauf und riss schließlich, hochroten Gesichts und mit perlendem Schweiß auf der Stirn die Haustüre auf.

Drinnen war es still. Pygmalion rief und erhielt keine Antwort. Er streifte durch sämtliche Räume und traf niemanden an, nur Menschen nachgebildete Steine.

Schließlich stand er vor der Marmornen und sank auf die Knie.

„Es wäre ohnehin Verrat gewesen.", sagte er mit kraftlos gewordener Stimme. „Sie wäre dir ähnlich gewesen, vielleicht genauso, aber ich hätte es immer gewusst." Er tippte sich gegen die Schläfe. „Ich hätte nie vergessen könnten, dass sie nicht du ist."

Mit Tränen in den Augen erhob sich Pygmalion, umarmte seine Marmorne und überschüttete sie mit Küssen.

Wo seine Lippen den Hals verließen und wo die Hände den Stein liebkosten, färbte er sich rosa. Härte und Kälte wichen aus den Gliedern. Er berührte ihren Busen und meinte darunter eine Regung zu spüren. Tatsächlich hob und senkte sich die Brust. Die Statue lebte.

Er ergriff der Schönen Hand und bedeckte sie mit Küssen und zum ersten Mal erwiderte die Spröde seine Zärtlichkeiten, streichelte die tränennasse Wange des Meisters.

Als sie ganz Fleisch geworden war, hielt Pygmalion seine Geliebte lange im Arm. So reich hatte die Göttin ihn beschenkt, mit mehr als er zu hoffen gewagt hatte, dass er nicht wusste wie er es ihr je würde danken können.

Er sah die Schöne wieder an, die noch kein Wort gesprochen hatte und küsste ihre weichen Lippen, die auch wirklich seinen Gruß erwiderte, und noch etwas anderes geschah, während sie eng umschlungen beieinander standen; eine Hand schlüpfte unter seinen Schurz und wurde dort fündig.

Behände streichelten und massierten ihn die Finger und provozierten eine Reaktion, die auch erfolgte. Als sein Glied sich aufgerichtet hatte, entzog sich die Schöne seiner Umarmung. Sie ließ sich auf die Knie nieder und zog seinen Schurz beiseite.

Zunächst schloss Pygmalion die Augen und genoss die Behandlung, die sie ihm zuteil werden ließ, aber dann riss er die Augen auf und wich entsetzt zurück. Die Frau vor ihm, mit den blanken Brüsten und der Hand zwischen ihren Schenkeln, war das wirklich seine Marmorne?

Sie erhob sich und kam auf ihn zu und er wich weiter vor ihr zurück, bis er mit dem Rücken gegen die Wand stieß.

Sie versuchte ihn zu küssen, doch er drehte sich weg. Ihre Hand suchte seinen Schurz. Er wehrte sie ab, doch auf Dauer gab es kein Entrinnen. So sehr er sich sträubte, ihre Reize schienen allgegenwärtig zu sein und sie verfehlten ihre Wirkung zumindest körperlich keineswegs. Irgendwann hatte sie ihr Ziel erreicht und ihn zwischen ihren Schenkeln platziert.

Wenig später lagen sie an der Wand auf dem Boden. Sie hatte sich an ihn geschmiegt und er kreiste mit dem Zeigefinger über ihre bloße Schulter. Wie sie so dalag hatte sie etwas Katzenartiges an sich. Fast erwartete er, dass sie zu schnurren begänne.

Pygmalion versuchte zu verstehen was geschehen war. Diese Wildheit, diese Seite hatte er nicht an ihr bemerkt, die ganze Zeit über, die er an ihr gearbeitet hatte. So eine Frau hatte er in dem Stein nicht gesehen. Und doch, wenn er genauer hinsah, dann entdeckte er all das in ihr wieder, das er hatte ausdrücken wollen. Jetzt, da ihre Augen geschlossen waren, hatte ihr Gesicht wieder diesen Ausdruck, im dem zu gleichen Teilen Ernst lag wie kindliche Unschuld. Genau das, was er in dem Stein gesehen hatte, fand er hier in Fleisch und Blut wieder. Wie hatte ihm ihre Wildheit, ihre Leidenschaft entgehen können?

Plötzlich schlug sie die Augen auf und blickte ihn eindringlich an. In ihren Pupillen schwammen goldene Punkte.

„Lass dir das eine Lehre sein, Pygmalion.", sagte die Marmorne mit plötzlich veränderter Stimme, „Aphrodite gering zu achten."

Augenblicklich verschwanden die goldenen Punkte und sie sah den Meister orientierungslos an. Der war selber einen Augenblick fassungslos, doch dann ging ein Wetterleuchten des Begreifens über sein Gesicht und er nahm sie in den Arm.

„Vergib mir, Aphrodite.", flüsterte er, während er seine Marmorne sanft in den Armen wiegte. „Ich werde mich bessern."

Das große Entkommen

Es war ein furchtbarer Flug gewesen, beinahe zwölf Stunden lang bewegungslos bleiben, so dass einem Bewegungsfreiheit mit einem Mal als ein wertvolles Gut vorkommt, das mit purem Gold nicht aufzuwiegen ist. Zwölf Stunden, in denen es unmöglich war sich eine Zigarette anzuzünden und genügend Zeit, um sich ausgiebig darüber zu ärgern, wenn man vergessen hat sich um sein eigenes Unterhaltungsprogramm zu kümmern. Der Bordfilm war jedenfalls zum Wegsehen gewesen. Zwölf Stunden Zeit, um sich darüber zu ärgern, dass Marius zwar als eine Koryphäe in Sachen Erdöl in der Firma galt, dass das aber noch lange nicht bedeutete, dass er zum Einsatzort auch in der Ersten Klasse fliegen durfte. Ein gutes Gehalt hin oder her, aber wie das Standing in der eigenen Firma ist, das bekommt man eben bei den Außeneinsätzen unmissverständlich aufs Brot geschmiert. Kriegt man als Leihwagen einen Mercedes oder einen Landrover oder reicht es eben nur zum Opel? Business oder Comfort Class, das ist hier die Frage.

Als das Flugzeug im kasachischen Nichts landete, war ihm die Krawatte zum Strick um den Hals geworden, zum Kreuz, das Jesus zum Gang nach Golgatha schleppte.
Jetzt nur noch durch die Passkontrolle und den Zoll müssen und dann mit dem Taxi ins Hotel fahren, das kam Marius wie das Licht am Ende des

sprichwörtlichen Tunnels vor. Echte Vorfreude stellte sich ein, Vorfreude auf eine ganze Zigarette in Ruhe und auf ein warmes, auf ein heißes Bad, vorausgesetzt die Badewanne im Hotel wäre auch nur halbwegs im Rahmen dessen, was man möglicherweise als akzeptabel bezeichnen kann.

Marius fiel auf, dass der Flugplatz überraschend modern war. Persönlich hatte er ja mit so etwas in Richtung ehemalige sowjetische Militärbasis gerechnet, dass sie mitten auf dem Rollfeld aussteigen und zu Fuß zum Terminal gehen müssten. Dem war aber nicht so. Es hätte eben so gut Heathrow oder Charles de Gaulles sein können.

Diese Militärmützen der ehemaligen Warschauer Pakt Staaten waren schon unglaublich, mobile Hubschrauber Landeplätze. Genauso erstaunlich war es, dass der Beamte bei der Passkontrolle tatsächlich eine Maschinenpistole umhängen hatte. Als bestünde Gefahr, dass Osama bin Laden und seine Schergen per Linienflug nach Kasachstan einreisen würden.

Der Zollbeamte ließ sich Zeit mit dem Überprüfen seines Reisepasses und schien jeden einzelnen der Einträge überaus gewissenhaft zu studieren, als handele es sich dabei nicht um Stempel, sondern um Diamanten, über die man von ihm später eine Expertise erwarte.

Plötzlich griff der Beamte nach der Maschinenpistole an seiner Seite und richtete sie auf Marius.

Wenn man auf einem Flughafen verhaftet wird, dann bekommt man mit einem Mal eine sehr konkrete Vorstellung davon, was die Redewendung „mit einem Mal brach die Hölle los" bedeutet.

Von einer Sekunde auf die nächste war Marius von einer Vielzahl gefährlich aussehender Männer umringt, die noch gefährlicher aussehende Waffen in Händen hielten und ihn in einer Sprache anbrüllten, von der er kein Wort verstand.

Er tat instinktiv das wohl einzig Richtige, ließ sich zu Boden sinken und hielt die Hände über den Kopf.

Dadurch, und weil Marius viel zu verblüfft war, um das Geschehen für etwas anderes als einen surrealen Fantasie, die Nachstellung eines kafkaesken Alptraums zu halten, fiel die Verhaftung nicht zu grob aus.

Ehe er es sich versah, saß Marius in einem kleinen, fensterlosen Raum auf einem wurmstichigen Holzstuhl gegenüber einer mit Orden dekorierten Uniform, die von einer riesigen Militärmütze gekrönt wurde.

Man sprach Russisch, was er nicht verstand und er antwortete auf Englisch, was nicht verstanden wurde. Dann wartete man gemeinsam auf einen Dolmetscher.

„Der Pass ist falsch.", eröffnete der Marius, als er schließlich eintraf.

„Unter keinen Umständen.", protestierte Marius scharf. Das wurde nicht verstanden.

„Der Pass ist echt.", wiederholte er langsamer und in einem geduldigeren Tonfall.

Die Antwort verursachte bei seinem Gegenüber erst ein Kopfschütteln und dann wurde er ausdauernd auf russisch angebrüllt. Im Anschluss daran warf der Offizier ihm den Pass mit einem derart verächtlichen Gesichtsausdruck hin, als hätte er das Bild von Mickey Maus anstelle seines Fotos hinein geklebt.

„Pass falsch.", machte der Dolmetscher in einfachen Worten die Wirkung der dramatischen Geste wieder zunichte.

Drei Stunden lang wurde das sinnlose Verhör fortgesetzt, ehe es ohne Ergebnis vertagt wurde.

Man brachte Marius in eine Gefängniszelle, wo man ihm die Schnürsenkel und den Gürtel seiner Hose abnahm. Absurder Weise beließ man Marius seine Krawatte. Vielleicht war es in Kasachstan undenkbar, dass ein Mann sich mit seiner eigenen Krawatte erhängte oder man traute kasachischen Krawatten, im Gegensatz zu kasachischen Schnürsenkeln, nicht die Reißfestigkeit zu, um einen erwachsenen Mann auszuhalten.

Noch immer kam Marius seine Situation derart absurd vor, dass er schon für den nächsten Tag mit seiner Freilassung rechnete. Am sinnvollsten verbrachte er die Nacht wohl damit, dass er sich schon jetzt überlegte, wie er den Kollegen von zu Hause die Geschichte erzählen wollte oder indem er schlief. Marius entschied sich für letzteres.

Als er in der Nacht erwachte, war er einen Augenblick lang orientierungslos und wusste nicht mehr, wo er sich befand. Erst langsam kehrte die Erinnerung an das Geschehene zurück.

Durch die Gitterstäbe seiner offenen Zelle drang das Licht der angeschlossenen Wachstube, so dass es beinahe taghell war.

Mit verquollenen Augen trat er an die Gitterstäbe heran, um zu sehen, ob jemand da war, den er um ein Glas Wasser bitten konnte.

Auf einem äußerst unbequem aussehenden Bürostuhl, die Füße auf dem Schreibtisch abgestellt, döste eine Polizistin, die Mütze tief in die Stirn geschoben.

Marius räusperte sich, provozierte damit aber nur, dass die kasachische Polizeibeamtin sanft und melodiös zu schnarchen begann.

Marius ließ sich wieder auf seine Pritsche fallen und schloss die Augen, doch an Schlaf war nicht mehr zu denken. Das grelle Licht und die neuen Hintergrundgeräusche machten das utopisch. Auf der anderen Seite brachte ihn gerade das Schnarchen auf einen Gedanken. Es war ein abwegiger, ein absurder Plan, aber Marius hatte nichts weiter zu verlieren als Zeit und das war eine Investition, die er bedenkenlos tätigen konnte.

Zunächst einmal zog sich Marius die Schuhe aus, damit es so aussah, als wäre er eben erst aus tiefem Schlummer erwacht und dann noch sein Hemd, bis er in bloßem Oberkörper da stand. Zahlreiche Trainingsstunden im Fitnessstudio hatten sich bezahlt gemacht und er konnte einen Sixpack aufweisen, der dem eines Filmstars in nichts nachstand. Dann nahm er einen seiner Schuhe und schlug mit ihm gegen die Gitterstäbe.

Das zuvor so melodiöse Schnarchen verlor den Takt und setzte schließlich ganz aus. Als die Beamtin aufblickte, setzte ihre Militärmütze sich in Bewegung und gab die Aussicht auf ihr Gesicht frei.

Marius hatte mit einem abgehärmten, harten Gesicht gerechnet, mit strengem, zu einem Dutt gebundenem Haar. Dem war nicht so. Stattdessen blickte er in das fein geschnittene Gesicht einer jungen Frau mit funkelnden, grünen Augen.

Marius sah sie so überrascht an wie sie ihn müde.

„Da?", fragte sie verschlafen.

„Wasser.", sagte Marius. „Water." Er machte eine Geste mit den Händen als wolle er trinken.

„Wegen eines bisschen Wasser werde ich aus einem der schönsten Träume gerissen, den ich in der letzten Zeit hatte?", fragte sie in einem wunderschönen, beinahe akzentfreiem Oxford Englisch.

„Oh.", machte Marius.

„Hm.", machte die Beamtin und legte ihren Kopf schief, während sie Marius betrachtete. „Andererseits."

„Was andererseits?"

„Andererseits, warum nicht?" Die Kasachin zuckte mit den Schultern.

Marius schüttelte verärgert den Kopf und wollte sich schon abwenden, da machte die Polizistin plötzlich eine scharfe Handbewegung, die ihn inne halten ließ.

„Lass die Hosen herunter.", befahl sie. „Aber ein bisschen plötzlich."

Marius wollte protestieren, aber ein Blick auf die zierliche Frau, die breitbeinig jenseits der Gitterstäbe mit einem Gummiknüppel in der Hand stand, belehrte ihn eines Besseren.

Widerstrebend öffnete er die Knöpfe seiner Anzugshose und ließ sie zu Boden gleiten.

„Die Shorts auch."

Marius musste sich Mühe geben nicht zu grinsen,

aber den Anflug eines Lächelns, der über seine Lippen huschte, konnte er nicht verhindern.

„Wozu?", fragte er rasch.

Die Polizistin schlug mit dem Gummiknüppel gegen die Gitterstäbe, dass Marius vor Schreck einen Satz rückwärts machte. Ihre Bewegung war so schnell gewesen, dass er die Ausholbewegung kaum geahnt hatte. Wäre seine Reaktion nur um ein Weniges langsamer gewesen, der Schlag hätte ihm die Hand zerquetscht.

Blitzartig wurde Marius bewusst, dass sein Plan die Wächterin zu verführen ein gefährliches Hirngespinst gewesen war, das der Lektüre von zu vielen Groschenromanen geschuldet war.

„Darum.", sagte die Polizistin und winkte ihm mit dem Zeigefinger wieder an die Gitterstäbe heran.

Marius stieg auch aus seinen Boxershorts, dann trat er ganz nackt wieder an die Zellentüre heran.

„Im Gegensatz zu dem von Vladimir ist deiner ganz klein, beinahe kümmerlich, eigentlich lächerlich." Sie seufzte tief. „Aber deiner ist im Gegensatz von Vladimirs ganz nah und ich sitze seit drei Monaten alleine in dieser von Gott verlassenen Einöde fest." Die Wärterin nahm ihren Blick einen Augenblick lang von seinem Gemächt und sah Marius in die Augen. „Mein Name ist Svetlana.", sagte sie.

Dann ging sie vor ihm auf die Knie und ehe Marius realisiert hatte, was sie im Schilde führte, hielt sie seinen Penis schon zwischen ihren spitzen Fingern. Beinahe zärtlich küsste Svetlana die Spitze seines Gliedes. Dann, als hätte sie sich erst jetzt zu einer Entscheidung durchgerungen, leckte sie mit der Zunge seine Hoden.

Es war eine alberne Idee gewesen, geboren aus der Unwirklichkeit der Ereignisse, dass Marius seine Wächterin mit seinem nackten Oberkörper und dem Sixpack hatte verführen wollen. Dass sie ihn jetzt umgekehrt als Sexualobjekt missbrauchte, war sogar noch surrealer.

Vorsichtig zog Svetlana die Vorhaut zurück und enthüllte Marius rote, feucht glänzende Eichel. Unter ihren Finger wuchs sein Glied rasch an, bis Svetlana eine voll ausgewachsene Erektion in Händen hielt.

Geschwind huschte ihre Zunge seinen Penis hoch und runter, umspielte die Eichel, während sie mit der anderen Hand seine Hoden kraulte und ab und zu leicht drückte.

Marius schloss die Augen und klammerte sich an den Gitterstäben der Zellentüre fest. Er versuchte nicht aufzustöhnen, weil er befürchtete seine Wärterin könne dann vielleicht aufhören. Einen tiefen Seufzer konnte er jedoch nicht unterdrücken.

Überrascht blickte Svetlana auf. Ein Lächeln huschte über ihr Gesicht. Dann widmete sie sich wieder seinem Glied und ihrer und seiner Lust.

Sie umschloss die Eichel sanft mit ihren weichen Lippen und ließ seinen Penis ein Stück weit in ihren Mund gleiten. Marius biss sich auf die Unterlippe, als Svetlana sofort wieder anfing, ihn mit der Zunge zu verwöhnen. Langsam bewegte sie ihren Kopf vor und zurück.

In der Zwischenzeit hatte Svetlana ihren Rock hoch geschürzt und spielte mit einer Hand an ihrer Scham. Marius langte zwischen die Gitterstäbe und legte der stöhnenden Wärterin seine Hände auf den Kopf, doch die ließ sich von ihm nicht beirren oder gar dirigieren.

Stattdessen stand sie auf und ließ ihren Rock zu Boden gleiten. Marius konnte nicht umhin, ihre langen, kurvenreichen Beine zu bewundern, ihre weiblichen Rundungen, die von einem apfelrunden, festen Po gekrönt wurden. Bei ihrem Anblick begann sein Glied noch stärker zu pulsieren und er spürte das Verlangen in sich aufsteigen seine Wärterin ganz zu haben, sich nicht bloß von ihrem Mund verwöhnen zu lassen, sondern sie auch zu streicheln, sie küssen zu dürfen.

Aufreizend langsam steckte sich Svetlana einen Finger in den Mund und kostete von ihrer eigenen Lust, während sie Marius unentwegt anblickte und seine Reaktion genau beobachtete.

Sie hatte graugrüne, durchdringende Augen. Ohne dass der Blickkontakt abriss, knöpfte Svetlana ihr Uniformoberteil auf und ließ es achtlos zu Boden sinken fallen. Jetzt stand sie, abgesehen von einem Paar halterlosen Strümpfen und ihren Schuhen, nackt vor ihrem Gefangenen.

„Was sagst du?", fragte sie seltsam leise.

Marius ließ seinen Blick über ihren Körper schweifen, über ihr fein geschnittenes, eindringliches Gesicht, die vollen Busen mit den dunklen Vorhöfen und den aufgestellten Brustwarzen und über das gestutzte, krause Schamhaar. Hätte er sie zufällig in einer Fußgängerzone, er hätte sich möglicherweise keines zweiten Blickes gewürdigt. So wie sie jetzt vor ihm stand, und unter den gegeben Umständen, war er ganz benommen und gefangen von ihrer Ausstrahlung.

Er nickte nur.

Svetlana lachte. „Das war eine kluge Antwort." Sie wandte ihm den Rücken zu. „Und jetzt will ich dich spüren." Sie drehte sich um und bot Marius ihre Kehrseite dar.

Marius trat wieder hinter Svetlana an die Gitterstäbe heran und fand ihre Spalte heiß und feucht vor Lust, als er langsam in sie eindrang. Sie stöhnte leidenschaftlich auf und drängte sich weiter gegen seine Lenden.

Es zeigte sich, dass Svetlana ihre Lust ebenso hemmungslos wie lautstark freien Lauf ließ, so dass sich Marius bereits sorgte, jemand könne ihr Treiben bemerken und sie in flagranti in der Wachstube überraschen.

Während er sie mit beiden Händen an den Hüften packte und vor allem den sich darbietenden Anblick genoss, verwöhnte die Polizistin ihre Brüste mit beiden Händen und drückte den Rücken weiter durch, um ihn tiefer in sich zu spüren.

„Fester.", feuerte sie Marius an, der sich jetzt wieder abwechselnd an den Gitterstäben und an ihren Hüften festhielt.

„Lass mich raus.", stöhnte der, „oder komm herein."

Svetlana war so erregt, dass sie keinen Augenblick zögerte, die Zellentür aufschloss und zu ihm herein kam. Zum ersten Mal küssten sie sich leidenschaftlich, geradezu gierig und ließen sich auf die Pritsche sinken.

Marius Hände flogen nachgerade über ihre Haut,

während Svetlana dicht an seinem Ohr stöhnte. Marius konnte sich nicht daran erinnern, jemals so leidenschaftlichen, gierigen Sex gehabt zu haben wie in diesem Augenblick in der Gefängniszelle mit seiner Wärterin.

Sobald Marius wieder zu Atem gekommen war, raffte er seine Sachen zusammen und floh aus der Zelle. Auf dem Schreibtisch sammelte er seine persönliche Habe ein und kleidete sich hastig an.
„Gehst du?", ließ sich Svetlana müde und zufrieden von der Pritsche her vernehmen.
„Ja, ich muss. Termine, du weißt schon."
„Schade. So klein ist er gar nicht und du kannst toll mit ihm umgehen." Sie trat nackt aus der Zelle.
„Wenn du fliehen willst, dann lass mir dein Bargeld da als Bestechung da, sonst wird man mich dafür verantwortlich machen. Und nimm meine Telefonnummer mit, sonst werde ich dich nicht gehen lassen." Sie deutete auf einen Stapel mit Visitenkarten auf ihrem Schreibtisch.
Bevor er ging, gab Marius seiner Wächterin noch einen letzten Kuss, dann nahm er das nächste Flugzeug das Kasachstan verließ.

Pan

Der Satyr setzte sich auf einen Felsen, nahm den Weinschlauch und setzte ihn an den Mund. Er trank, dass ihm das kräftige Rot aus den Mundwinkeln rann und auf die Schultern troff. Als er geendet hatte, wischte er sich mit dem Ärmel über den Mund und lachte schallend. Sorgfältig er schloss er den Schlauch, hängte ihn sich über die Schulter und blickte sich um.

Die Landschaft war nicht reizlos, wenn man tiefe Wälder mochte und dunkle, felsige Schluchten. Pan mochte Wälder und Schluchten, aber nicht diesen Wald und nicht dieses felsige Tal. Für seinen Geschmack war es hier zu ruhig. Durch das Unterholz hörte man kein Tier sich gewalttätig seine Bahnen brechen, keine lockenden Aufrufe zur Paarung waren zu vernehmen. Nur die Vögel in den dichten Baumkronen sangen ihre Warnung vor dem einsamen Wanderer.

Der Satyr legte seinen Kopf in den Nacken und spähte ins Geäst, konnte in dem dichten Blätterwerk aber keinen der Hüter des Waldes ausmachen.

„Haltet den Schnabel.", rief er nach oben. „Eitle Tugendbolde. Rufen nur, um zu beweisen, dass sie alles besser wissen und die Liebenden wünschen sich die Lerche wäre eine Nachtigall." Er grinste. „Oder umgekehrt. Je nach Facon."

Die Vögel scherten sich nicht um ihn und er machte eine wegwerfende Handbewegung. „Was kann man von denen schon für Rücksicht erwarten, von

Wesen, denen die Liebe nicht gegeben ist und die sie niemals kennen werden." Er schüttelte den Kopf.

Wieder ließ er seinen Blick durch den Wald schweifen und befand, dass er ihm zu still war, zu brav. Pan stand auf und wanderte mit langen, bocksbeinigen Schritten gen Westen, der untergehenden Sonne nach. Er pfiff eine leise Melodie, zunächst melancholisch, dann lebhaft werdend.

Er war eine gute Stunde gewandert, als er unversehens auf einen Bach stieß, der seinen Weg kreuzte. Wie eine ins Gras geworfene Halskette schlängelte sich das Wasser silbern in vielen Wendungen durch den lichter gewordenen Wald.

„Was haben wir denn da?", sagte Pan fröhlich. „Einen nimmermüden Wandersgesellen. Wohin des Wegs, mein Freund?" Er hielt eine Hand hinter das Ohr, als spräche im Plätschern des Wassers der Bach zu ihm. Dann aber schüttelte er den Kopf.

„Du kommst von Norden und strebst der Küste im Süden zu, in der Hoffnung, dich unterwegs mit einem großen Fluss zu vereinen oder selbst einer zu werden. Nicht meine Richtung. Als Weggefährte kommst du nicht in Frage, aber du kannst mir auf andere Weise einen Gefallen tun."

Pan ging auf die Knie, schöpfte mit der hohlen Hand Wasser aus dem Bach und trank es schlürfend. Das Wasser war noch kalt von den Bergen und klar wie flüssig gewordene Luft. Als er seinen Durst gelöscht hatte, ließ Pan sich rücklings ins Gras sinken. Eine Zeitlang lag er regungslos wie eben erst gestorben mit geschlossenen Augen da.

Nur das Heben und Senken des Brustkorbs zeigte an, dass Leben im Satyr war.

Träge schlug er die Augen auf und blickte zum Himmel hoch.

„Was singst du mir da für ein Lied?", wollte er wissen und wandte sich nach dem Bach um. „Du hast gut reden, immerfort vom Wandern zu singen. Du hast ja auch keine Füße, die müde werden können auf deiner Reise. Du hast auch kein Bedürfnis nach Begleitung, bist dir selbst genug. Hier habe ich alles was ich brauche." Er klopfte mit der flachen Hand auf den Boden und drückte seinen Weinschlauch. „Aber auch das weichste Bett wird einem unbequem auf Dauer, wenn man es nicht teilen kann. Man weiß die warme Decke richtig erst zu schätzen, wenn sie einem mal mitten in der Nacht gestohlen wird." Pans Hand strich über das Gras und ein Lächeln umspielte seine Lippen, als dächte er dabei an ganz etwas anderes.

„Wohin willst du mich führen mit deinem Lied, mein kleiner Bach? Zu Glück oder Unglück?" Plötzlich sprang er auf die Füße. „Finden wir es heraus.", sagte er munter. „Du singst und ich folge dir."

Pan warf sich den Weinschlauch über die Schulter und ließ sich von dem silbernen Band zu seinen Füßen den Weg weisen.

Nachdem er eine Weile mit ausholenden Schritten gewandert war, verbreiterte sich das Bachbett und das Wasser begann träger dahin zu fließen. Pan verlangsamte den Schritt.

„Soll es das schon gewesen sein?", wunderte er sich im Stillen. „Das Lied verstummt und ich bin nicht weiter als zuvor? Ja, wer sich auf einen Bach verlässt."

In diesem Augenblick vernahm er ein Plätschern, als wenn ein großer Fisch im Wasser gesprungen wäre. Pan legte sich einen Zeigefinger auf den Mund und ging vorsichtig weiter. Vor ihm machte der junge Fluss eine Biegung und sein weiterer Verlauf war durch einen bis dicht an das Ufer gewachsenen Hain verborgen. In dieses Wäldchen schlug sich der Satyr und spähte um einen Baum herum.

Eine Frau watete langsam in die Mitte des Flusses. Trotz des Sonnenscheins musste das Wasser noch kalt sein, denn bei jedem Schritt hob sie das Bein bis zum Fuß aus dem Wasser, als wolle sie so wenig wie möglich nass werden.

Die Frau, das weibliche Wesen, war gänzlich unbekleidet. Ihre Haut war rosig und weich im warmen Licht des Sommers. Das Haar glänzte schwarz wie das Gefieder eines Raben und wie jenes schien es die Sonnenstrahlen, die darauf fielen, gefangen zu halten.

Pan schob sich dichter an den Baum, dass Körper und Stamm miteinander zu verschmelzen schienen und von ihr aus unmöglich voneinander zu unterscheiden waren. Während dessen ließ er die Nymphe, denn um eine solche musste es sich handeln, hatte er beschlossen, nicht aus den Augen, dass ihm keine Bewegung, kein Spiel von Licht und Schatten auf ihrem Körper entginge.

Inzwischen hatte sie die Mitte des Flusses erreicht, hatte die Arme vor den Brüsten verschränkt und rührte sich nicht mehr, als würde sie auf etwas oder jemanden warten.

Pans Blicke flogen die Kurven ihres Körpers entlang wie Bienen um einen Blumenkelch. Bald schwirrten sie die Taille entlang abwärts, bald erklommen sie leichtfüßig die sanfte Rundung ihrer Hüfte.

Weil die Nymphe versetzt zu ihm stand, konnte er sowohl das glänzende, gelockte Schamhaar sehen, als auch den kleinen, festen Po. Nur die Busen blieben weiterhin unter ihren Armen verborgen, während die Nymphe weiter regungslos im Wasser stand.

Gerade die Busen zu schauen verlangte es den Satyr hinter seinem Baum jetzt sehr, getreu dem Prinzip, dass man das, was man nicht erreichen kann, am meisten begehrt.

Plötzlich bewegte sich die Nymphe. Sie bückte sich, tauchte die Hände ins Wasser und goss es sich über Schultern und Busen, wobei sie schauderte. Pan hatte jetzt, was er sich gewünscht hatte, konnte einen Blick auf die Objekte seiner Begierde erhaschen und er bekam sogar mehr als er sich erhofft hatte. Während das Wasser über ihren Körper rann, strich sie sich mit den Händen über den Bauch.

Pan drückte sich weiter gegen den Baum, als wolle er ihn näher an das Ufer rücken, um besser sehen zu können.

Mit langsamen, kreisenden Bewegungen fuhr sie sich über die Busen, bückte sich abermals und schöpfte weiteres Wasser. Hinter seinem Versteck bis Pan sich auf die Unterlippe und hatte die Augen fest auf ihre Hände geheftet, als müsse er nur intensiv schauen, um sie zu den seinen zu machen.

Gleichzeitig war er eifersüchtig auf das Wasser. Wären seine Hände das kühle Nass, es würde nur widerstrebend dem Ruf der Schwerkraft Folge leisten. Er würde sich im Bauchnabel sammeln, würde jede Erhebung und jede Vertiefung als Ausrede zum Säumen nutzen.

Soweit war seine Phantasie schon geeilt, dass sie auch den nächsten Schritt wagte und er liebkoste sie nicht mehr als ein Wassertropfen auf samtener Haut, sondern stand leibhaftig hinter ihr, witterte den Duft ihres Haares, sah wie sich die feinen Nackenhaare sträubten.

Nun waren es seine Hände, welche die Rundungen ihres Körpers nachfuhren, die weiche, warme Haut unter den Fingerspitzen spürten.

Unwillkürlich berührte Pan den Baumstamm, so als sei er nicht bloß sprödes Holz. Als er bemerkte was er gerade tat, zog er seine Hände hastig wieder zurück. Unruhig verlagerte er das Gewicht von einem Bein aufs andere.

Die Nymphe hatte den Kopf schief gelegt. Mit einer Hand streichelte sie weiterhin ihre Brüste, während die andere flach über ihren Bauch glitt und auf ihrer Scham zu liegen kann. Eine Weile ruhte sie dort, als müsse sie neue Kraft schöpfen. Dann begann sie sich mit langsamen, kaum merklich kreisenden Bewegungen zu streicheln.

Mit spitzen Fingern kreiste die Hand durch das krause Haar, sich allmählich abwärts bewegend.

Pan blickte an sich herab und sah mit an, wie sich sein Lendenschurz ausbeulte. Er wartete, bis sein Glied steif und hart geworden war und befreite es dann aus seinem Gefängnis. Er nahm es in die Hand und blickte wieder zur Nymphe herüber. Er fand die Szenerie beinahe unverändert. Die Nymphe stand nun etwas breitbeinig und mit geschlossenen Augen in der Mitte des Baches und streichelte ihre Brüste. Allerdings hatte inzwischen ein Finger den Eingang in ihre Scheide gefunden.

Pan starrte zu ihr herüber, seine Erektion in der Faust in der Hand haltend, als wartete er auf etwas Bestimmtes.

Ihre Bewegungen wurden in der Folge heftiger und ein zweiter Finger gesellte sich zum ersten hinzu. Dann öffnete sie den Mund und seufzte leise.

Das war das Zeichen für Pan aus seinem Versteck zu gleiten. Mit schnellen, selbst für die erfahrene Jägerin, unhörbaren Schritten war er am Ufer des Baches. Als er im Wasser von hinten an sie heran trat, verriet ihm das Platschen der Schritte.

Augenblicklich ergriff die Nymphe die Flucht und der Satyr nahm die Verfolgung auf. Er rief die Fliehende an, die sich gehetzt nach ihm umblickte, doch langsamer wurde sie nicht. Dennoch holte Pan allmählich auf. Schon peitschten sie Spitzen ihres langen schwarzen Haares sein Gesicht.

Inständig flehte die Nymphe da Demeter an, erbat Rettung in letzter Sekunde und die jungfräuliche Göttin erbarmte sich – auf ihre Weise.

Noch einmal verdoppelten sich die Kräfte der Fliehenden und schon schien es, als würde der Satyr Anschluss verlieren, da verformte sich die Nymphe mitten im Lauf.

Verblüfft hielt Pan inne. Die schwarzen Haare, sie legten sich um den Kopf. Die Arme schienen am Leib festzuwachsen. Dann war die Nymphe im Schilf verschwunden.

Pan suchte sie, hatte aber bereits keine Hoffnung mehr sie zu finden. Dass hier ein Gott seine Finger im Spiel hatte, war offenkundig, wenn Pan auch nicht wissen konnte, dass sie selbst zu Schilf geworden war.

Er setzte sich an das Ufer des Baches und ließ die Beine ins Wasser baumeln.

„Dafür hast du mich hergelockt?", fragte er kopfschüttelnd. Er seufzte und starrte eine Weile ins Leere, vor dem geistigen Auge den Anblick der Schönen noch einmal Revue passieren lassend. Gedankenverloren schnitt er sich aus einem Schilfrohr eine Flöte zurecht.

Die Melodie, die er darauf spielte war melancholisch. Von Zeit zu zeit setzte er die Flöte ab und seufzte dann schwermütig.

„Ach, die schöne Nymphe.", schien er sagen zu wollen. Je länger er aber spielte, desto munterer wurde sein Lied, bis sich Pan schließlich erhob und zur lustigen Melodie Fluss abwärts wanderte.

Eine Sommerträumerei

Die große Krone des Kastanienbaumes bot Schutz vor der Sonne. Ein leichter Wind sorgte für zusätzliche Abkühlung.

Entnervt klappte er das dünne Reclam – Bändchen zu, rollte sich auf den Rücken und schloss die Augen. Im Augenblick, da das Sonnenlicht hinter seinen geschlossenen Lidern sein Feuerwerk abzubrennen begann, schlug er die Augen wieder auf.

Durch das Blätterdach der Kastanie schien die Sonne hindurch. Die Blätter leuchteten, als läge über ihrem Grün ein transparenter, goldener Glanz.

Er rief sich das Bild noch einmal vor Augen und schüttelte dann den Kopf. Kein Zweifel möglich.

Er rollte sich wieder auf den Bauch und griff nach dem kleinen, gelben Buch. Gleichzeitig riskierte er einen kurzen Seitenblick. Während er so tat, als suche er nach der verschlagenen Seite, schielte er immer wieder herüber.

Der gewölbte Triangel eines schwarzen Badeanzuges spannte sich über einen wunderschönen Hintern.

Eine römische Drei sprang ihm ins Auge. Ohne es zu wollen, hatte er die Stelle wieder gefunden, an der er seine Lektüre beendet hatte.

Dieser grüne Fleck soll unser Theater sein, diese Weißdornhecke unsre Kammer zum Anziehen, und wir wollen's in Aktion vorstellen, wie wir's vor dem Herzoge vorstellen wollen.

Er stolperte über das Doppelte vorstellen und schüttelte unwillig den Kopf. Das alte Zeug soll einer verstehen, geschweige denn lustig finden. Unwillkürlich ging sein Blick von den klein gedruckten Buchstaben wieder zur Seite.

Sie lag ausgestreckt auf dem Bauch. Der einteilige schwarze Badeanzug betonte die Eleganz ihrer Silhouette.

Etwas zu konservativ für seinen Geschmack, befand er, konnte aber nicht davon lassen, den Kontrast des dunklen, glänzenden Polyamidmaterials und der helleren, weicheren Haut zu betrachten. Sie hatte die langen Beine übereinander geschlagen, das rechte über das linke, und wippte mit dem freien Fuß im Takt der Musik aus ihren Kopfhörern. Da sie den Kopf in die Fäuste gestützt hatte und zum Schwimmbecken blickte oder ganz in die Musik vertieft war, konnte sie ihn nicht dabei ertappen wie er sie beobachtete. Auf ihre kleinste Bewegung hin würde er sich hinter seinem Sommertraum verschanzen. Sommernachtstraum, verbesserte er sich. Der Sommertraum lag vor ihm im Gras auf einer Decke, wippte mit der Ferse und hatte die entzückendsten kleinen Zehen, die er je gesehen hatte.

Sein Blick wanderte auf Zehenspitzen über ihren Rücken. Er stieg vom runden Hintern hinab, spazierte über den schwarzen Badeanzug, bis er zu der ausgeschnittenen Region kam, sah links und rechts vor sich die Schulterblätter aufragen und stand schließlich vor ihrem Nacken.

Der geometrisch gerade Schnitt ihrer Haare deu-

tete auf einen erst kürzlich erfolgten Friseurbe-
such hin.

Er seufzte und rollte sich halb auf die Seite, den
Kopf in die Armbeuge gebettet.

Sie bewegte sich und schlug die Beine auseinander. Erst jetzt bemerkte er die Tätowierung auf ihrem rechten Fuß. Es war eine kleine Echse, deren
langer Schwanz sich um ihren Knöchel ringelte.
Welch ein willkommenes Extra. Wäre er so privile-
giert wie diese Echse, er würde nicht unbeweglich
auf seinem Platz verharren. Unablässig würde er
umherhuschen, in ihrem Urwald auf Jagd gehen
oder träge im Sonnenschein auf ihrem Busen
Sonne tanken.

Unvermittelt stand sie auf und ging zum Beckenrand. Sie ließ sich ins Wasser gleiten und entschwand seinen Blicken. Er versuchte sie noch
eine Weile unter den Schwimmenden ausfindig
zu machen, gab es aber bald auf. Am gegenüber-
liegenden Rand konnte er die Menschen nur als
farbige Kleckse ausmachen und vor ihm wurden
sie durch den gekachelten Beckenrand verdeckt.

Resignierend schlug er sein Buch wieder auf. Er
blätterte weiter, versuchte sich auf das Geschrie-
bene zu konzentrieren und seufzte. Ein Ende war
nicht abzusehen.

Dann kam sie zurück. Mit federndem Gang um-
rundete sie das Becken und ging zu ihrer Decke.
Sie hatte die Schultern hochgezogen als fröstelte
es sie. Ihre Frisur erinnerte an Kleopatra, aber ihr
Teint war eher blass.

Er blickte wieder in sein Buch. Nur während sie

sich abtrocknete, wagte er kurz aufzublicken. Das war der Moment, da ihre Blicke sich begegneten. Sie hielt kurz darin inne ihre Haare abzurubbeln und schenkte ihm ein mildes Lächeln. Dann hockte sie sich im Schneidersitz auf ihre Decke und kramte ihr Handy aus der Handtasche.

„Ja, Schatz, ich bin's. Ich bin jetzt fertig mit Schwimmen. Soll ich noch vorbeikommen oder ist dir das zu spät? Ja? Dann komme ich jetzt. Bis gleich. Küsschen." Sie beendete das Gespräch und begann sofort damit, ihre Sachen einzupacken.

„Schade, schon vergeben.", dachte er.

Als sie entschwand, drehte er sich zur Seite und tippte der Blondine neben sich auf die Schulter. Träge wie ein Leguan, der ein Sonnenbad nimmt, öffnete sie ein Auge.

„Schatz, holst du mir bitte ein Bier heraus?"

Mit einem Seufzen griff sie hinter sich in die Tiefkühltasche und reichte ihm eine Flasche. Dann drehte sie sich auf den Rücken und döste weiter.

Sein Blick verweilte auf ihrem Bauchnabel, dann öffnete er sein Bier.

Die Ex

Schon halb drei am Morgen und Rafael war noch immer nicht zu Hause. Er hatte nur eben rasch zu seinem besten Freund gewollt, nur auf ein kleines Bier. Das war um acht Uhr gewesen.

Sandra ging barfuss zum Kühlschrank und riss die Türe auf. Kaum, dass sie in das Licht des Kühlschrankinneren blinzelte, hatte sie vergessen was sie dort wollte. Sandra wanderte weiter ins Wohnzimmer, wo sie sich auf das Sofa fallen ließ und zum wiederholten Mal wütend auf Rafaels Handy starrte, das er auf dem Couchtisch vergessen hatte.

„Nur ein Bier. Es werden dann doch zwei oder drei geworden sein.", versuchte sie sich zu beruhigen. „Ausgerechnet jetzt baut er Mist, wo ich doch Morgen früh raus muss. Schlafen kann ich jetzt nicht mehr."

Sandra machte es sich auf dem Sofa gemütlich und nahm die Fernbedienung zur Hand, um sich durch das Nachtprogramm zu zappen.

Sie hatte keine fünf Minuten der Wiederholung einer Krimiserie gesehen, als sie Geräusche von der Wohnungstür her hörte, da Rafael versuchte das Schlüsselloch zu finden.

Eine Weile lauschte Sandra dem kratzenden Geräusch, dann verlor sie die Geduld und riss die Türe auf. Rafael taumelte fast ins Wohnungsinnere und starrte seine Freundin mit glasigen Augen an.

Erschrocken wich Sandra zurück.

„Um Gottes Willen, was ist denn mit dir los?"

„Sie wollen heiraten.", sagte Rafael mit kläglicher Stimme und wankte ins Wohnzimmer, wo er sich auf das Sofa fallen ließ. „Sie wollen heiraten."

„Wer will heiraten?" Sandra stand mit verschränkten Armen im Türrahmen. „Und was ist überhaupt los?"

„Ich war bei Thomas.", sagte Rafael mit der typischen, überdeutlichen Aussprache eines Betrunkenen, der versucht nicht zu lallen. „Thomas ist mein bester Freund."

„Thomas ist dein bester Freund und heiratet und deshalb betrinkst du dich und machst ein Gesicht als hätte man dir gesagt, dass du Krebs hast? Das ergibt doch keinen Sinn."

„Er will Brigitte heiraten."

Sandra erstarrte und wurde mit einem Male blass. Sogar in seinem betrunkenen Zustand begriff Rafael, dass er einen Fehler gemacht hatte, als er den Namen seiner ExFreundin, mit der er vier Jahre lang eine Beziehung hatte, in den Mund nahm.

„Ich weiß auch nicht, warum mich das so mitnimmt. Wahrscheinlich, weil Thomas es mir die ganze Zeit verschwiegen hat, dass die beiden überhaupt zusammen sind und jetzt wollen die sogar heiraten. Das hat mich einfach umgehauen. Weiß auch nicht warum."

„Vielleicht weil du sie immer noch liebst.", zischte Sandra. Dann drehte sie sich um, stürzte ins Schlafzimmer und warf sich heulend auf das Bett. Sandras Reaktion musste Rafael wohl schlagartig ernüchtert haben, denn es dauerte nicht lange, dann folgte er ihr und setzte sich zu seiner Freundin aufs Bett.

„Natürlich liebe ich dich.", sagte er. „Das weißt du doch, Schatz. Sonst wäre ich bestimmt nicht mir dir zusammen. Ich habe völlig überreagiert, das ist alles. Die Geheimniskrämerei von Thomas, dass er mir verschwiegen hat, dass er mit Brigitte zusammen ist, dass sie aus heiterem Himmel plötzlich heiraten wollen, das ist alles einfach ein bisschen viel für mich auf einen Schlag. Ich frage mich, ob sie sich deshalb von mir getrennt hat, weil die beiden damals schon was miteinander hatten, hinter meinem Rücken."

„Wenn dir das alles nichts mehr bedeuten würde, wenn du mich lieben würdest,", sagte Sandra mit Tränen erstickter Stimme, „dann hättest du dich nicht betrinken müssen, dann hätte Thomas es dir auch gar nicht erst verheimlicht, sondern dich gefragt, ob du sein Trauzeuge werden willst. Also erzähl mir nicht, dass du mich liebst." Die letzten Worte hatte Sandra beinahe geschrieen. Wut entbrannt sprang sie auf.

„Außerdem glaube ich dir auch nicht mehr, dass du sie nicht mehr gesehen hast, seit wir zusammen sind. Sonst wärst du über das Ganze doch längst hinweg und es wäre dir egal."

Damit schnappte sie sich ihre Bettdecke und verschwand im Wohnzimmer, dessen Türe geräuschvoll hinter ihr ins Schloss fiel.

Thomas kannte seine Freundin gut genug, um nicht so dumm zu sein ihr noch einmal zu folgen. Er hätte damit nur einen weiteren Wutausbruch provoziert und einen Sturm herauf beschworen, dem er später nicht mehr Herr würde. So ein

Sturm konnte mit unverminderter Stärke mehrere Tage lang anhalten. Da war es auf jeden Fall das kleinere Übel, wenn sie eine Nacht in getrennten Betten verbrachten.

Als Thomas am nächsten Morgen ins Wohnzimmer kam, war Sandra bereits weg. Seine nahe liegende Vermutung, sie sei bereits zur Arbeit aufgebrochen, war jedoch irrig.

Sandra hatte im Verlaufe der Nacht keinen Schlaf gefunden und sich in den frühen Morgenstunden an den Computer gesetzt. Dort hatte sie zwei Dinge getan. Sie hatte sich erstens per EMail bei ihrer Arbeit krank gemeldet und zweitens hatte sie die Adresse von Rafaels ExFreundin recherchiert. Dorthin war Sandra in dem Augenblick unterwegs, da ein verkaterter Rafael sie schaffend auf der Arbeit vermutete.

Es dauerte ein wenig, bis Sandra unter den Klingelnschildern das Gesuchte ausfindig gemacht hatte. Schon allein dieser Umstand, dass die ominöse Brigitte, die wie ein dunkler Schatten über ihrer Beziehung zu Rafael lag, finanziell offensichtlich nicht auf Rosen gebettet lag, so dass sie in einem hässlichen Hochhaus leben musste, im Gegensatz zu Sandras schicker Eigentumswohnung, war eine gewisse Genugtuung und ein erster Triumph.

Als Sandra aus dem Fahrstuhl trat, erwartete Brigitte sie bereits im Rahmen der geöffneten Wohnungstüre, so dass sie den Anblick des an ein herunter gekommenes Hotel erinnernden Flures nicht auskosten konnte. Auch war die Hochstimmung, in die Sandra der Anblick des Hochhausungeheuers versetzt hatte, beim ersten Blick auf ihre Nebenbuhlerin mit einem Mal wie weggeblasen. Brigitte war ebenso unbestreitbar wie offensichtlich attraktiv wie sie im Morgenmantel an ihren Türrahmen gelehnt stand, ungekämmt und augenscheinlich eben erst aufgestanden.

„Du bist also die Freundin von Rafael.", begrüßte Brigitte sie. „Komm rein. Ich bin eben erst aufgestanden, als du geklingelt hast, aber der erste Kaffee müsste schon durchgelaufen sein. Wenn du eine Tasse magst."

Sie machte die Tür frei und bat Sandra herein.

Der Anblick des Appartements war die zweite Enttäuschung für Sandra, denn die Einrichtung strafte die Erwartungen Lügen, die das Hochhaus geweckt hatte. Wenn Sandras Möbel als größtenteils hübsch, aber vor allem als preiswert und zweckdienlich beschrieben werden konnten, der typische IKEACharme eben, dann waren Brigittes Möbel individualistisch und extravagant, als hätte sie Andy Warhol gebeten den Innenausstatter zu spielen. Zwar gefiel Sandra das offensichtliche Faible für die 60er Jahre nicht, alles war in Pastellfarben gehalten, alles aus Plastik und so spartanisch gehalten, dass keine Gemütlichkeit aufkommen konnte, aber gleichzeitig trat ihr das Bild vor Augen, dass man Brigitte und sie so miteinander vergleichen könne wie ihre Einrichtungen. Brigitte als die Extravagante, der Vamp, keine Frau für eine Beziehung, aber für das Außergewöhnliche, während sie die Hübsche gab, die Praktische auf die man sich verlassen konnte. Das gesunde Mittelmaß.

„Nimm doch Platz.", sagte Brigitte und deutete auf ein Sofa, das so weiß und so quadratisch gehalten war, dass Sandra sich vorkam als würde sie es einweihen, als sie sich setze, während Brigitte in die Küche entschwand. Sandra registrierte noch die schlanken, eleganten Waden und Brigittes zierlichen Füße, deren Nägel mit einem dunklen, beinahe ins Braun gehenden beige lackiert waren, was für Sabine ein Hinweis darauf war, dass Brigitte sich darüber bewusst war, dass sie schöne Füße hatte und sie gerne herzeigte.

Sabine selbst war leidlich schlank, aber in ihr steckte ein kleines, pummeliges Mädchen, das nur mit Sport und Selbstdisziplin daran gehindert werden konnte sich zu offenbaren. Auch das konnte nicht verhindern, dass Sabine Problemzonen hatte, wohingegen Brigitte so etwas wohl nur aus Frauenzeitschriften kannte. Sie war von der Natur mit einem perfekten Körper bedacht worden, den sie nur noch zu verwalten brauchte.

„Milch oder Zucker?", fragte Brigitte, den Kopf zur Türe herein steckend. Das Badezimmer musste sich wohl an die Küche anschließen, denn sie hatte in der Zwischenzeit ihr Haar geordnet und ein wenig Makeup aufgetragen.

„Nur Milch.", antwortete Sabine.

Brigitte verschwand wieder in der Küche, um im nächsten Augenblick mit zwei Kaffeetassen in der Hand wieder zu erscheinen.

„Also.", sagte sie nach dem ersten Schluck. „Was

führt dich zu mir, ist etwas mit Rafael?"

Sabine hatte sich die ganze Zeit über keine Gedanken darüber gemacht, wie sie das Gespräch mit Brigitte beginnen wollte, ob es überhaupt etwas zu bereden gab. Weiter als ihr gegenüber zu stehen, hatte Sabine nicht gedacht. Jetzt, wo sie da und direkt mit der Frage konfrontiert war was sie wolle, wusste sie selbst so recht nichts zu sagen.

„Rafael kam vor einiger Zeit völlig betrunken nach Hause.", sagte sie, mehr um Zeit zu gewinnen, denn um die Geschichte zu erzählen. „Er hatte sich am Abend mit seinem besten Freund Thomas getroffen."

Sandra machte eine Pause und sag Brigitte an, um zu sehen, ob die Nennung des Namens bei ihr den Groschen fallen ließ, aber Brigitte verzog keine Miene. Sie schien aufmerksam zuzuhören.

„Ich habe Rafael gefragt was los ist. Zuerst wollte er nicht mit der Sprache rausrücken, aber dann hat er mir gesagt, dass Thomas ihm gestanden hat, dass ihr heiraten wollt und das hat ihn so aus der Bahn geworfen, dass er sich betrunken hat."

Brigitte zog langsam eine Augenbraue hoch, dann fing sie an zu grinsen und brach schließlich in schallendes Gelächter aus.

„Ich heirate bestimmt niemanden.", sagte sie, als sie sich halbwegs wieder beruhigt hatte und zu Atem gekommen war. „Und Thomas, diesen Thomas schon gar nicht. Da habe ich doch lieber einen Messer im Bauch als einmal seine Hand auf meiner."

Jetzt musste Sandra allerdings auch lächeln, wenn auch ein wenig schief, denn der ständig bekiffte, die meiste Zeit arbeitslose Thomas mit seinem Bauchansatz, war alles andere als eine Partie nach der man sich die Finger leckt.

„Das verstehe ich jetzt aber nicht.", sagte Sabine.

„Das verstehe mal einer wer will. Ich habe diesen Kerl nicht mehr gesehen, seit ich nicht mehr mit Rafael zusammen bin und das sind jetzt gute vier Jahre. Und auch als wir zusammen waren, bin ich Thomas nach Möglichkeit aus dem Weg gegangen. Ein unsympathischer Typ. Keine Ahnung, warum der so einen Mist in die Welt setzt. Vielleicht ist er inzwischen von Haschisch zu härteren Sachen umgestiegen."

„Ja." Jetzt grinste Sabine wirklich. „Zuzutrauen wär's ihm. Aber warum habt ihr euch eigentlich damals kurz vor der Hochzeit getrennt, Rafael und du?"

„Was?", wieder fing Brigitte an zu lachen und dieses Mal dauerte es noch länger als beim ersten Mal, ehe sie sich wieder gefasst hatte. Als sie fertig war, hatte sie Tränen gelacht und die eben erst aufgetragene Wimperntusche war verlaufen, so dass Brigitte verrucht aussah wie der Vamp in einem Stummfilm.

„Entschuldige, du kommst her, weil du dir Sorgen um deinen Freund machst, der allem Anschein nach nicht über seine Verflossene hinweg kommt und was macht die dumme Kuh, die lacht sich darüber noch schlapp. Aber zu meiner Verteidigung: erst erzählst du mir, dass ich bald heiraten werde, dann dass ich es beinahe war. Das ist schon ein bisschen wie im Film."

„Also stimmt das nicht."

„Kein Wort. Ich hatte mit Rafael eine kurze Affäre, als ich in einer Beziehungskrise war. Aber das sieht ihm ähnlich das so aufzubauschen, genau wie sich zu betrinken. Er hat einen Hang zum Melodramatischen, unser Rafael, nicht wahr? Das ist schon ziemlich pathetisch, musst du zugeben. Die Ex will angeblich heiraten und er torkelt mit einer Flasche Wodka oder Tequilla um die Häuser." Brigitte verdrehte demonstrativ die Augen.

Sabine musste lachen. „Stimmt. Er reagiert manchmal über."

„Wir haben uns nicht getrennt.", sagte Brigitte. „Ich habe ihn sitzen gelassen, ziemlich Knall auf Fall. Rafael hat es nicht verstanden, weil er sich schon eine schöne Zukunft für uns ausgemalt hatte. Dabei war das alles nur ein Missverständnis und ich dachte, besser ich beende es früher als später."

„Du hast ihn nicht geliebt.", stellte Sabine fest.

„So könnte man es ausdrücken. Ich war damals in einer ziemlichen Krise und hätte eigentlich einen Freund gebraucht und habe stattdessen eine Beziehung bekommen. Ungefähr so, als bräuchtest du ein Auto und kriegst ein Fahrrad. Klar, eine zeitlang fährst du Fahrrad, aber sobald es irgend geht kaufst du dir doch das Auto."

Mit einem Mal war Sandra froh hergekommen zu sein. Brigitte gab ihr das Gefühl eine Freundin zu sein, mit der man offen reden konnte. Sie streifte die Schuhe ab, winkelte die Beine an und nahm einen großen Schluck Kaffee. Zum ersten Mal seit Stunden war sie halbwegs entspannt.

„Ich kann aber schon verstehen, warum Rafael dir nachgetrauert hat.", sagte sie mit einem Seitenblick auf Brigitte.

„Ja, aber doch jetzt nicht mehr. Das ist vier Jahre her und es war doch nichts. Ich frage mich, ob die ganze Geschichte nicht ein Schwindel ist."

„Aber du bist wirklich attraktiv."

Brigitte protestierte nicht oder machte irgendwelche Einwände, wie Sabine erwartet hatte, stattdessen lachte sie wieder.

„Aber was kann ein Mann denn mehr erwarten? Du bist bildschön, mit deinen schwarzen Haaren, den braunen Augen und deinem sinnlichen Mund." Brigitte legte ihr eine Hand aufs Knie. „Wenn ich ein Mann wäre, ich würde den ganzen Tag damit zubringen dich nur anzugucken und mich in deinen Augen zu verlieren. Ich bin zwar kein Mann, aber ich muss es trotzdem wissen." Brigitte sah sie eindringlich an.

Sandra brauchte einen Augenblick, um zu begreifen was sie damit gemeint hatte und als es soweit war, änderte sich plötzlich alles. Sie sah Brigitte mit buchstäblich anderen Augen. Die blonden Haare, die kleinen, festen Brüste, deren Ansatz im Ausschnitt des Morgenmantels sichtbar war, die kornblumblauen Augen, die Sandra offen ansahen.

Es kam ihr so vor, als könne sie Brigitte und sich auf dem Sofa sitzen sehen. Ein denkbar ungleiches Paar. Gleichzeitig wurde sie sich der Hand auf ihrem Knie bewusst.

„Ich würde dich den ganzen Tag nur anschauen und dich küssen wollen.", sagte Brigitte und rückte näher heran, während ihre Hand vom Knie herunter glitt.

Sabine sah den Kuss kommen und wusste bis zum letzten Augenblick nicht was sie machen sollte. Als Brigittes Lippen die ihren trafen, als sie ihren weichen Mund spürte und ihren Duft einatmete, da waren die Würfel bereits gefallen ohne dass Sandra es bewusst gewesen war. Sie erwiderte den Kuss und beinahe ohne ihr Zutun legte sie eine Hand auf Brigittes Brust.

Brigitte bedrängte Sandra nicht. Vielleicht war ihr das ganze nicht einmal Ernst und sie war nur der Eingebung des Augenblicks gefolgt. Sie ließ Sandra Zeit sich zu öffnen, streichelte nur sanft die Innenseite ihrer Schenkel mit den Fingerspitzen und beließ es bei trockenen Küssen, bis es Sandra war, die leicht den Mund öffnete und den zärtlichen Tanz der Zungen einleitete.

Sandra war wie benommen von dem unerwarteten Verlauf, den die Dinge genommen hatten und der erotischen Spannung, die unversehens in der Luft gelegen hatte.

Ihre Hand lag unschlüssig auf Brigittes Brust als warte sie auf weitere Anweisungen, streicheln oder den zärtlichen Überfall entschieden zurückweisen?

Sie spürte die weichen Lippen auf ihrem Mund, den süßen Atem und schloss die Augen, während sie den Mund leicht öffnete.

Keine der Frauen machte ein Geräusch. Es war als herrsche eine atemlose Spannung während sie einander Millimeter für Millimeter erkundeten und jede Zärtlichkeit, die sie austauschten, eine weitere nach sich zog.

Brigittes Hand wanderte weiter den Schenkel hinauf und streifte den Saum von Sabines Kleid. Deren Hand war schon halb unter dem Morgenmantel verborgen und enthüllte dabei mehr von Brigittes Brust.

Sabine fühlte sich freier werden, eins mit dem Augenblick und ganz eingenommen von Brigittes unmittelbarer Präsenz. Das Streicheln wurde intensiver, das Küssen auch und die erotische Spannung wich einem anderen Gefühl, das Sandra nicht unbekannt war, das sie aber noch nie bei einer Frau verspürt hatte. Sandra spürte, wie ihr Schoß zum Leben erwachte.

Sie küsste Brigittes Hals und zog ihr den Morgenmantel von den Schultern.

„Ich will dich.", hörte sie Brigitte direkt an ihrem Ohr flüstern.

„Ich will dich auch.", dachte Sabine, aber etwas in ihr hinderte sie daran es laut auszusprechen. Sie hatte auch weiterhin die Augen geschlossen und erkundete Brigittes Körper nur mit dem Mund und der Zungenspitze.

Dann spürte sie wie Brigitte den Saum ihres Kleides raffte und anhob. Instinktiv hob Sabine die Arme und einen Augenblick später saß sie nur noch mit Slip und Büstenhalter bekleidet der barbusigen Brigitte gegenüber.

Brigitte nahm Sandras Gesicht in beide Hände und küsste sie mit einer solchen Selbstverständlichkeit, dass dadurch die letzten Reste ihrer Zurückhaltung wie weggewischt waren. Sandra erwiderte die Küsse und drängte sich an den Körper der anderen Frau, die sie für schön hielt, für begehrenswert, die sie begehrte.

Sandra streichelte Brigittes Bauch, die Hüfte und Brüste und empfand jede Berührung als aufregend. Als sie endlich aufblickte, sah sie das Verlangen in Brigittes Augen funkeln.

Die beiden Frauen streichelten einander zärtlich und obwohl beider Schoß vor Leidenschaft pochte, ließen sie sich Zeit den Körper des anderen ausgiebig zu erkunden.

Einen Moment lang hatte Brigitte die Oberhand, saugte an Sandras Brustwarzen und verwöhnte sie mit der Zungenspitze, so dass Sandra sich auf die Unterlippe beißen musste, um nicht laut aufzustöhnen. Dann entwand sich Sandra ihren Zärtlichkeiten ließ ihre Küsse den Bauch hinab wandern, so dass Brigitte sich an ihrem Kopf festhielt. „Oh Gott!", stöhnte sie.

Sandra blickte kurz auf und musste lächeln, als sie sah, dass Brigitte sie atemlos und mit weit aufgerissenen Augen ansah. Provozierend strich sie noch einmal mit den Fingernägeln über die Innenseite ihrer Schenkel, dass Brigitte erschauerte.

Sandra fing an sie dort zu küssen, bis sie vor der Scham anlangte. Sie spürte Brigittes Impuls sie aufzuhalten und gleichzeitig war sie unübersehbar erregt und öffnete ihre Beine, so dass sich ihre Scham öffnete wie die Knospe einer Blume.

Als Sandras Zunge zwischen ihre Schamlippen glitt und sacht ihre Perle berührte, entfuhr Brigitte ein unartikulierter Laut, der von ihrer Lust zeugte. Davon ermutigt, begann Sandra sie zu lecken, erst zärtlich, dann immer schneller, sorgsam darauf bedacht ihre Perle nicht wieder zu berühren, denn sie wollte Brigitte noch weiter anstacheln, wollte sie vor Lust schreien hören.

Sandra rutschte vom Sofa und kniete sich vor Brigitte, damit sie ihren Schoß bequemer erreichen und sich gleichzeitig selber streicheln konnte. Kaum hatte sie die eigene Scham berührt, blieb ihr selbst der Atem weg. Sandra war nicht bewusst gewesen wie erregt sie gewesen war.

Sie konnte ihren Orgasmus kommen spüren. Ein fast vergessenes Gefühl. Er baute sich tief in ihr auf und breitete sich dann rasch aus und gewann mit jeder weiteren Berührung noch an Fahrt. Dass Brigitte sich über ihr aufbäumte, bekam Sandra bereits nur noch am Rande mit.

Es war so warm gewesen, dass Sandra ihre Jacke in der Wohnung gelassen hatte, als die beiden Frauen zu einem Spaziergang aufbrachen. Sie waren alleine und Sandra tastete nach Brigittes Hand. Die wandte sich nach ihr um und lächelte.

„Warum hast du mich geküsst?", fragte Sandra. „Ich glaube, ich kann es immer noch nicht fassen." Brigitte lachte. „Na, weil du wunderschön bist. Ich habe mich schon in dich verliebt, als du aus dem Fahrstuhl gestiegen bist. Da wacht man morgens müde und ein wenig verkatert auf und dann wird man von einem kleinen Engel besucht. Und dann hast du mich noch die ganz Zeit mit deinen Blicken förmlich ausgezogen."

„Ich habe dich angestarrt, weil ich eifersüchtig

war." Sandra grinste jetzt auch.

„Nein.", sagte Brigitte und spielte mit Sandras Fingern. „Ich bin keine Rivalin, zumindest nicht für dich." Mit einem Mal wirkte sie nachdenklich. „Ich frage mich, wie es weitergeht."

„Naja.", sagte Sandra und ließ es beiläufig klingen. „Wenn ich nachher nach Hause aufbreche, werde ich wohl meine Jacke bei dir vergessen. Dann müsste ich dich noch einmal besuchen. Ich denke, das wird sich nicht umgehen lassen."

Die Abmachung

Wir waren ein ungleiches Paar, als wir im Nieselregen den Parkplatz verließen. Ich ließ den Kopf hängen, war einsilbig und in Gedanken verloren ohne das ich hätte sagen können worüber ich brütete, denn mein Denken wollte keine konkreten Formen annehmen. Jedenfalls keine, die man verbal hätte ausdrücken können.

Maria war hingegen voller Vorfreude. Man konnte es an der ganzen Körperhaltung ablesen, ihren federnden Gang und daran, dass ein beständiges Lächeln ihre Lippe zu umspielen schien. Ihr Kleid flatterte im Wind als wolle er damit spielen und im Schein der Laterne leuchtete ihr Haar wie Kupfer. Sie war blendend schön und eben dies gab mir einen Stich, dass ich mich abwenden musste, um sie nicht mehr anzusehen und wieder in mein stilles Brüten verfiel.

Wir hatten beim Frühstück auf der Terrasse zusammen gesessen, als sie mich mit diesem Blick angesehen hatte. In vielen Dingen brauchten wir nur einen Blick, um uns einander verständlich zu machen.

Wie ein kleines Kind für das nicht ist was es nicht sieht, hatte ich mich hinter der aufgeschlagenen Zeitung verbarrikadiert, wo ihr Blick und die darin inne wohnende Botschaft mich nicht erreichen konnte.

Doch als ich nach den Brötchen tastete, ergriff sie meine Hand und zwang mich so sie wieder anzusehen.

„Unsere Abmachung. Es ist wieder einmal an der Zeit unsere Abmachung einzuhalten."

Mir hatte vieles auf der Zunge gelegen, was ich hätte erwidern können, aber ein Blick in ihre grüne Augen und ich wusste, dass sie Recht hatte, dreimal Recht, und dass es wieder einmal an der Zeit war unsere Abmachung einzuhalten, die im Übrigen meine Idee gewesen war und sich in der Vergangenheit als segensreich erwiesen hatte. Dennoch kam es mir im Verlaufe unserer Beziehung mehr und mehr so vor, als lebte und liebte ich unter einem Damoklesschwert.

„Wann?", hatte ich schließlich nur gefragt.

„Samstagabend gibt es einen Tanzabend in diesem hübschen Restaurant am See, wo wir letzte Woche zusammen gegessen haben."

„Du hattest Rehrücken und ich habe ein Straußensteak genommen.", sagte ich.

„Und zum Dessert hatten wir beide Crème Brulée und du hast dort diesen Dichter getroffen, der frivole Gedichte schreibt." Marie hatte gelächelt und ich hatte es, nur widerwillig und ein wenig schief, erwidert.

Jetzt kam das Restaurant mit seinem See in Sicht, in dessen Wasser sich silbern der Mond spiegelte. Gedämpfte Musik drang zu uns herüber und Maria löste sich von mir, drehte eine Pirouette um sich selbst, als wolle sie sich für das bevorstehende Tanzen bereits in Stimmung drehen. Ein paar kurze, trippelnde Zwischenschritte und sie war wieder an meiner Seite, hakte sich bei mir unter und gab mir einen flüchtigen Kuss auf die Wange.

„Gehen wir.", sagte sie.

„Selten zuvor ist jemand derart charmant zum Schafott geleitet worden.", wollte ich sagen. Ich sah es mich bereits mit einem schiefen Lächeln sagen, doch der ironische Seitenhieb würde sie vielleicht verletzen. Sie sähe sich dann vielleicht sogar genötigt mir anzubieten auf das Tanzvergnügen zu verzichten. So blieb der Satz unausgesprochen.

Ich hielt Maria die Türe zum Restaurant auf und sah im Glas unser Spiegelbild, das wieder einmal verdeutlichte wie sehr wir einander das Gegenteil waren. Maria war klein und zart von Gestalt, dabei von einer Lebendigkeit, die man ihr schon von den Augen ablesen konnte, während sich bei mir das Bedächtige und Grüblerische schon in der Körperhaltung widerspiegelte. Wer uns zusammen herein kommen sah, der musste unweigerlich denken wir wären nur zufällig zur selben Zeit am Restaurant angelangt und ich hielte ihr die Türe aus bloßer Höflichkeit auf.

Maria maß den Raum mit ihren Blicken und machte sich ein Bild von den Anwesenden, während ich für den richtigen Tisch Sorge trug, der nicht zu weit im Hintergrund stehen durfte, dass wir vom Geschehen etwa abgeschnitten wären, aber auch nicht zu präsent am Rand der Tanzfläche.

Je weiter der Abend voran schritt, desto mehr vervollkommnete ich mich in der Kunst unsichtbar zu sein. Maria verbrachte kaum mehr Zeit an ihrem Platz und wurde beständig von wechselnden Männern zum Tanz aufgefordert.

Anfangs hatte ich noch auf fragende Seitenblicke hin durch ein Nicken Absolution erteilen müssen, ehe man sie mir entführte. Das wurde mit zunehmender Dauer des Abends mehr und mehr obsolet, bis ich quasi mit der Einrichtung verschmolzen war. Ich wurde wohl ein kurioses Möbelstück, ein Stuhl, der in Bewegung geriet, wenn er an seinem Weinglas nippte. Seltsam, aber nicht so bedrohlich, so dass man ihm Beachtung schenken müsste.

Ich beobachtete Maria beim Tanzen. Es war, als sähe ich einen Film mit ihr in der Hauptrolle und mir als dem Regisseur. Es ist erstaunlich was man mit ein wenig Konzentration und Vorstellungskraft erreichen kann, denn mir war, als könne ich wie ein Kameramann an Maria heran zoomen, sie in die Nahaufnahme nehmen oder einen Schnitt setzen und hätte dann, als eine Totale, wieder den ganzen Saal im Blick.

An Marias Tanzvergnügen hatte ich, unserer Abmachung gemäß, keinen Anteil. Ich war nur stummer Zeuge, der beobachtete, wie sie im langsamen Walzer über die Tanzfläche schwebte oder beim Tango ganz leidenschaftlich wurde.

So war die Abmachung, die wir getroffen hatten und daran änderte sich nichts, auch wenn bei mir mit zunehmender Dauer des Abends der Wunsch wuchs wir könnten unsere Zelte hier abbrechen und nach Hause gehen, wo ich sie in der Dunkelheit unseres Schlafzimmers dann für mich haben würde, wenn wir uns eng aneinander schmiegten. Wie fast jeden Abend läge ich dann noch wach, während sie schon schlief, lauschte ihrem regelmäßigen Atem und stellte mir was sie wohl gerade träumte.

Die Intervalle, die sie mit mir am Tisch verbrachte, wurden stetig kürzer. Immer rascher wurde sie wieder vom Nächsten zum Tanz aufgefordert. Ich konnte es den anwesenden Herren nicht verdenken, denn Maria war unbestritten das schönste weibliche Wesen im Saal und wahrscheinlich auch die beste Tänzerin, soweit in diesen Dingen auf mein bescheidenes Urteil Verlass ist.
Wahrscheinlich wusste ich noch vor ihr, dass sie den richtigen Partner gefunden hatte. Die Bewegungen der beiden waren so fließend und harmonisch, als würden sie einander schon Jahre kennen und man kann sagen, sie kannten sich gut.

Ich sah, wie er sich zu ihr herüber beugte und ihr etwas ins Ohr flüsterte, das sie zum Lachen brachte, ohne dass ihre Bewegungen dadurch für den Bruchteil einer Sekunde ins Stocken gerieten. Der Tanz, als ein Drahtseilakt zwischen Anmut und Lächerlichkeit, wurde von Maria und ihrem Partner mit einer spielerischen Leichtigkeit gemeistert.
Beinahe erleichtert registrierte ich, dass Maria im Anschluss des Tanzes mit ihrem Partner zu mir herüber kam. Das bedeutete für mich, dass der letzte Akt unserer kleinen Komödie angebrochen war und das Ende allmählich dämmerte, was mir persönlich durchaus willkommen war.
Sie trat zu mir an den Tisch, während ihr Tanzpartner sich diskret im Hintergrund hielt. Ich schätze gute Erziehung, auch wenn ich sie in diesem Au-

genblick nicht recht zu würdigen wusste.

Maria legte beide Hände auf die Tischplatte und beugte sich zu mir vor.

„Und es macht dir wirklich nichts aus, Liebling?", fragte sie so leise, dass ihr Begleiter es unmöglich hören konnte. „Die Abmachung gilt?"

Ich sagte nichts, sondern nickte nur kurz und bedeutete ihr mit einer knappen Kopfbewegung zu gehen. Maria zögerte einen Augenblick und hob eine Augenbraue.

Manchmal weiß ich nicht, ob es wirklich erstrebenswert ist, wenn man miteinander so vertraut ist, dass es nur noch weniger Worte bedarf, um sich zu verständigen. Man wird dem anderen mehr zum offenen Buch als gut wäre.

Ich sah den beiden nach, wie sie sich entfernten und trank dabei in Ruhe meinen Wein aus. Noch ehe sie außer Sichtweite waren, legte er seinen Arm um ihre Hüfte und sie ihren Kopf auf seine Schulter. Es war ein sehr zärtlicher, liebevoller Anblick. Wieder hätte man meinen können, sie würden sich schon eine ganze Weile kennen.

Es nieselte noch immer, als ich zurück zum Parkplatz ging. Im Licht der Straßenlaternen sah es aus, als würden unsichtbare Spinnen in Windeseile Fäden durch die Lüfte ziehen. Dabei kam ich mir selbst ein wenig wie eine Spinne vor, allerdings wie eine alte, bösartige Spinne, die in ihrem einmal gesponnen Netz sitzt und wartet.

Als sie kamen, saß ich bereits im Kabinett bei einem Glas alten Cognac. Vivaldis Vier Jahreszeiten lief im Hintergrund und ich lauschte mit geschlossenen Augen.

Ich hatte das Kabinett schon vor geraumer Zeit eingerichtet, schon ehe ich Maria kennen lernte. Vor ihr war es allerdings nur selten zum Einsatz gekommen. Im Wesentlichen bestand es aus einem bequemen Sessel, einer kleinen Musikanlage und einem blinden Spiegel, der beste Aussicht auf das ausladende Doppelbett bot, das im Gästezimmer stand. Vom Zimmer aus war das Kabinett natürlich nicht einsehbar.

Als Maria und ihr Tanzpartner das Gästezimmer betraten, stellte ich Vivaldi leiser und schaltete die Mikrofone ein.

Sie waren kaum zur Türe herein, da zog Marias Begleiter sie schon zu sich und versuchte sie zu küssen, doch sie drehte ihr Gesicht zur Seite und bot ihm nur den Hals dar. Der Kuss geriet dadurch nur flüchtig.

Er tastete mit der Hand auf der Suche nach dem Lichtschalter an der Wand entlang, doch Maria wandte sich nach ihm um.

„Kein Licht.", sagte sie. „Las es dunkel."

„Was denn? Bist du mit einem Mal schüchtern geworden oder wohnst du hier nicht alleine?"

„Nein, aber so ist es romantischer, wenn nur das Mondlicht uns beleuchtet." Sie zog die schweren Vorhänge vor dem Fenster beiseite und das fahle Mondlicht fiel in einem breiten Streifen ins Zimmer, so dass die beiden wie in einem Schwarz-WeißFilm wirkten.

„Vivaldi ist eine schlechte Wahl.", tadelte ich mich selbst. „Mozart wäre passender gewesen." Doch das ließ sich nicht mehr ändern, denn eben kniete sich Maria auf das Bett und zog ihren Liebhaber zu sich heran. Jetzt die CD noch zu wechseln hieße etwas zu versäumen.

Maria übernahm es ihn auszuziehen und knöpfte ihm langsam das Hemd auf.

Er stand mit dem Rücken zu mir, aber ich musste ihn nicht sehen, um zu wissen, dass sein Blick unverwandt auf Marias schlanke Figur gerichtet war. Als sie seinen Oberkörper enthüllte, sah ich, dass er stattlich gebaut war, durchtrainiert, aber nicht zu muskulös. Maria hatte eine gute Wahl getroffen. Die beiden würden zusammen ein hübsches Bild abgeben.

Er beugte sich vor und küsste wieder ihren Hals. Dieses Mal ließ sie es williger geschehen und streichelte währenddessen seinen Rücken.

Als er Maria die Träger des Kleides über die Schultern streifte, merkte ich, dass auch seine Hände hinter ihrem Rücken nicht untätig geblieben waren und er ihr in der Zwischenzeit den Reißverschluss des Kleides aufgemacht hatte. Mit einer lasziven Bewegung stieg sie ganz aus dem Kleid und stand nun bis auf den Slip nackt vor ihrem Liebhaber.

Obwohl beide erwachsene Menschen waren, die im Begriff waren erwachsene Dinge zu tun, hatten beide etwas kindlich Unschuldiges an sich, wie sie mit entblößten Oberkörper einander gegenüber standen. Ich fühlte mich melancholisch, wie ein alternder Mann, der seinen Kindern beim Spielen zusieht und in diesem Augenblick begreift, dass er sie nicht vor der Ernsthaftigkeit des Lebens beschützen kann, dass er mit ansehen muss, wie sie ihre Unschuld einbüßen werden.

Ich nippte am Cognac, spürte die Wärme des Alkohols und ließ den Anblick auf mich wirken. Maria verschränkte die Arme hinter den Kopf und drückte die Brust heraus. Ihr Liebhaber konnte nicht ahnen, dass sie sich nicht ihm so präsentierte, sondern der Anblick mir in meinem Kabinett zugedacht war.

Er streichelte ihre Brüste und seine großen Hände erkundeten ihren zierlichen Körper. Er war gut, ein Genießer. Er ließ seine Hände die Augen sein, ließ sich Zeit. Man konnte Maria ansehen, dass sie es genoss wie er sie behandelte. Wie von Zauberhand richteten ihre Brustwarzen sich allmählich auf, erblühten allmählich wie die Knospen einer Blume im Zeitraffer. Er begann sie vom Hals abwärts zu küssen. Allmählich wurden die beiden leidenschaftlicher und Maria nestelte am Gürtel seiner Hose.

Ihre Küsse dauerten immer länger an und wurden nur unterbrochen von Phasen des Luftholens, als fände das Liebesspiel unter Wasser statt. Irgendwie war es ihm trotz allem gelungen sich gänzlich von seiner Hose zu befreien und die beiden nackten Körper verschmolzen miteinander als wären sie eines.

Spätestens jetzt musste sich die letzte Nervosität vor dem Liebesakt gelegt haben und die Natur, der Instinkt übernahm das Kommando über die Handlung. Wenn eine Wolke sich vor den Mond schob, konnte ich sie nicht mehr auseinander halten, bis sie sich in einer Atempause wieder voneinander lösten oder das silbrige Licht wieder zurückkehrte.

Ich sah ihn Marias Bauchnabel küssen und ihre Hände sein Haar zerwühlen. Seine Küsse wanderten abwärts, bis er ihre Weiblichkeit erreichte. Nach dem ersten Kuss blickte er auf, als wolle er sich vergewissern, dass er das Richtige getan hatte. Maria hatte sich abgewendet. Sie biss sich auf die Unterlippe, um ein Stöhnen zu unterdrücken.

Sie sagt, dass sie es unerotisch fände, wenn sie ihre Lust hören könnte.

Ich wusste, dass es ihre Empfindungen noch steigerte, wenn sie sie unterdrückte und hatte ihr gelegentlich zu Fesselspielen geraten.

Ihr Liebhaber bettete wieder seinen Kopf in ihren Schoß, so dass Maria ihren Kopf im Kissen hin und her warf.

„Hör nicht auf.", hörte ich sie über die Mikrofone stöhnen. Belustigt dachte ich bei mir, dass ich sie diesbezüglich hätte beruhigen können, denn er hatte wohl nicht im Geringsten die Absicht aufzuhören. Vielmehr schien er froh einen Punkt gefunden zu haben, der ihr Lust bereitete und den Ehrgeiz zu haben, daran so lange wie möglich festzuhalten.

Sie wandte sich wie ein Aal, um dem fordernden Mund zu entkommen und schien ihn damit nur noch mehr anzuspornen. Es war nur eine Frage der Zeit, bis er sie zum Orgasmus brächte, wenn sie ihm nicht Einhalt gebot, was Maria auch in diesem Augenblick tat.

Sie rollte ihn zur Seite, dass er auf dem Rücken zu liegen kam und ließ sich dann auf seiner Erektion nieder.

Maria genoss es, ihn in sich eindringen zu spüren, aber nicht so sehr, dass sie es hinaus gezögert hätte und so hatte es für den Betrachter den Anschein, als würde sie sich im wahrsten Sinne des Wortes auf ihm niederlassen, langsam und konzentriert. Dann, als er seine Position eingenommen hatte, ließ Maria ihre Hüften kreisen. Ihr Liebhaber betrachtete sie sehr aufmerksam, beobachtete das Minenspiel der Lust in ihrem Gesicht, betrachtete ihre bloße Brust und legte seine Hände auf ihre kreisenden Hüften.

Schon stützte sich Maria mit beiden Händen auf die muskulöse Brust ihres Liebhabers und ließ ihre Hüften schneller kreisen. Wenn sie ihn besonders tief in sich spürte, stieß sie einen kleinen, spitzen Schrei aus, der von ihm mit einem kräftigen Stöhnen beantwortet wurde. Allmählich kamen die beiden zum Ende und Crescendo kündigte sich an.

Wie zuvor beim Tanzen dauerte es nicht lange, bis sie zueinander fanden, ihre Bewegungen flüssiger wurden und sie miteinander harmonierten, als wäre es nicht ihr erstes Mal.

Vor dem Fenster war der Himmel jetzt wolkenlos und Maria und ihr Liebhaber waren ganz von Mondlicht umhüllt. Ein Zweig des Baumes vor dem Fenster warf einen Schatten auf ihren Rücken, der sich in ihrem Rhythmus bewegte, als ginge draußen ein starker Wind.

Unvermittelt tauschten sie noch einmal die Positionen und Maria lag unter ihm. Ich sah die Leidenschaft in ihrem Gesicht, ihren abwesenden Ausdruck und die flatternden Lider, sah ihre Busen sich bei jedem Atemzug heben und senken, die aufgeregten Brustwarzen und den atemlosen, halb offenen Mund. Ihre Bewegungen waren langsamer geworden, dafür intensiver. Es war die Zeit vor dem großen Sprung, wenn die Zeit für einen kurzen Moment still steht.

Dann legte Maria beide Hände in den Nacken ihres Liebhabers und presste ihn fest an sich, um ihn so tief in sich wie möglich zu spüren. Seine letzten Stöße empfing sie mit offenem Mund, ehe sich ihr ein lang gezogener Seufzer entrang. Wenige Sekunden später kam auch er. Dann entspannte auch er sich und die beiden lagen sich erschöpft und eng umschlungen in den Armen.

Ich merkte, wie auch ich mich unwillkürlich entspannte und mich in meinem Sessel zurück lehnte ohne die Augen von ihnen zu nehmen.

Die schönsten Augenblicke beim Sex, das sind für mich nicht die der prickelnden Erotik, ehe man sich vereint, nicht die Momente der höchsten Lust, sondern die der Vertrautheit, wenn sich der Sturm des Höhepunktes legt und die Leidenschaft sich gleich einer aufgewühlten See wieder beruhigt.

Maria sagte etwas zu ihrem Liebhaber und rückte von ihm ab. Der versuchte sie wieder zu umarmen, doch sie schüttelte seinen Arm bloß ab und stieg aus dem Bett.

„Du weißt wie es besprochen war."

Er gab nur einen murrenden Ton von sich.

Maria, die sich bereits etwas anzog, warf ihm seine Hose auf das Bett.

„Ich meine es Ernst, und rufen sie uns nicht an. Wir rufen sie an."

Geschockt fuhr ihr Liebhaber hoch und sah Maria mit Entsetzen an.

„Komm schon. Wir haben doch gerade erst, was bin ich denn für dich?"

„Genau das.", antwortete Maria beinahe fröhlich. „Anziehen."

Nachdem sich ihr beleidigter Liebhaber fluchend in die Nacht verabschiedet hatte, stelle Maria sich vor den blinden Spiegel meines Kabinetts und lächelte.

„Danke, Liebster.", sagte sie. „Das war perfekt."

Unsichtbar

"It's the end of the world as we know it, it's the end of the world as we know it and I feel fine.", tönt es aus den Boxen der Stereoanlage. Das Licht im Zimmer ist gedimmt und Kerzen verbreiten einen warmen Schein. Auf dem Tisch stehen benutzte Teller und leere Weingläser. Die Flasche ist halbvoll und im Topf noch ein Rest von Chili.

Das Geschehen hat sich wohl ins Nebenzimmer verlegt. Ein Pullover und eine Bluse liegen am Boden und weisen den Weg dorthin. Er hebt sie auf und schnuppert daran. Der Geruch von Frau und eine Ahnung von Parfum haften an dem Kleidungsstück.

Er geht ins Nebenzimmer und stolpert beinahe über eine Teppichkante, weil er seine Füße nicht sehen kann. Gerade noch unterdrückt er einen Fluch.

In diesem Zimmer ist es dunkel. Nur vom Esszimmer und durch den Spalt einer angelehnten Türe zu seiner Rechten dringt ein wenig Licht.

Hinter einem Sessel liegen eine Jeans und ein Rock in inniger Umarmung. Weiter im Zimmer ist der Rest der Kleidungsstücke verteilt. Wie eine Spur aus Brotkrumen führen sie zu dem erleuchteten Zimmer.

Er findet einen BH und einen Slip aus raffinierter Spitze. Der BH scheint in der Luft zu schweben, als er ihn hochhebt, ihn sich genauer anzusehen. Dann geht er zur Türe und richtig, dahinter verbirgt sich das Schlafzimmer.

Mitten im Raum, vor dem Fußende eines massiven Doppelbettes, stehen die beiden nackt einander gegenüber. Zahlreiche im ganzen Raum verteilte Kerzen tauchen das Zimmer in ein flackerndes Licht, das zuckende Schatten auf ihre Körper wirft.

Sie halten einander im Arm. Sie hat ihr Kinn auf seine linke Schulter gestützt und seines ruht auf ihrer rechten. Beide haben die Augen geschlossen und wiegen sich sacht im Takt einer unhörbaren Musik, die wohl nur in ihren Köpfen ist in einer Andeutung eines Tanzes. Sie spüren den bloßen Körper des jeweils anderen, seine Wärme auf der eigenen Haut.

Die Finger der Hände verschränken sich ineinander. Seine Rechte gleitet ihre Taille hinab bis zu ihrer Hüfte, die begehrenswert weiblichen Rundungen ihres Körpers entlang.

Plötzlich geht sie auf die Knie und küsst seinen Penis. Sie nimmt ihn am Ansatz zwischen Zeigefinger und Daumen und hält die Spitze mit ihrem Mund umfangen. Rasch richtet er sich unter den Liebkosungen ihrer Zunge auf.

Sie fährt den Schaft entlang und küsst kurz die Eichel. Sie ist sich der Wirkung wohl bewusst. Gleichzeitig gleiten ihre Hände über seine Beine hinauf zur Hüfte, ein Weniges über die behaarten Pobacken und wieder zurück. Ihre Brüste berühren seine Beine.

Es ist absolut still im Zimmer und die Geräusche, die bis hierhin dringen, scheinen wie durch einen schweren Vorhang gedämpft.

Diesen Augenblick der atemlosen Stille nutzt der unsichtbare Besucher, um unbemerkt ins Zimmer zu schlüpfen. Er vergrößert den Türspalt mit einer Vorsicht, die einem Poe'schen Helden zur Ehre gereicht hätte, huscht über die Schwelle und wird plötzlich gewaltsam zurückgehalten.

In Panik blickt er sich um, doch hinter ihm ist niemand. Dann begreift er. Er ist mit seiner unsichtbaren Jacke an der Türklinke hängen geblieben. Der ganze Türgriff hat sich im Jackeninneren verheddert und ist nun gleichfalls dem Blick entzogen.

Die beiden Liebenden haben sich inzwischen auf das Bett gelegt. Ausgiebig küsst er ihre Brüste. Sie hat ihr Kinn gehoben und hält die Augen geschlossen. Ihr Körper ist ein Seismograph und das Flackern der Augenlider zeichnet den Grad ihrer Erregung auf.

Von ihren Brüsten wandern seine Küsse höher und bedecken Zoll für Zoll ihre Schultern und ihren Hals. Nichts bleibt ungeküsst, jedem Quadratzentimeter ihres Körpers stattet sein Mund einen Besuch ab und jeder Kuss spricht von dem Begehren, das sie in ihm weckt, von den Zehenspitzen hoch bis zum Scheitel.

Er knabbert an ihrem Ohrläppchen und streichelt ihre Brustwarzen. Er streichelt sie sanft, rollt sie zwischen Daumen und Zeigefinger, reibt sie mit den Handballen, während er ihre Brüste massiert. Die Lust, die sie dabei empfindet, spiegelt sich in ihrem Mienenspiel wieder.

Er beobachtet ihr Gesicht und versucht abzulesen, was ihr am meisten Vergnügen bereitet, während er ihren Körper erkundet, die weiche Haut, die Schwünge und Bögen, Täler und Hebungen, die zu liebkosen er nicht müde wird.

Mit der flachen Hand fährt er seitlich die Hüfte entlang. So sanft streichelt er sie, dass seine Hand sie kaum zu berühren scheint. Sie zuckt kurz mit den Mundwinkeln.

Inzwischen hat der uneingeladene Besucher Jacke und Türklinke voneinander trennen können. Er kann kaum etwas von dem erkennen, was auf dem Bett vor sich geht. Ab und an, wenn er den südlicheren Gefilden ihres Körpers einen Besuch abstattet, sieht er einen blassen, behaarten Hintern aufragen und verzieht das Gesicht.

Gerade noch rechtzeitig sieht er die gelbe Quietscheente vor sich auf dem Teppichboden liegen. Weil er sich selbst nicht kann, weiß er nicht, ob er dieses Hindernis passieren kann, ohne darauf zu treten. Er lässt sich auf die Hände und Füße nieder und fixiert das billige Plastikspielzeug vor sich. Das starrt aus schlecht aufgemalten blauen Augen durch ihn hindurch.

Er beugt sich vor und küsst ihr Schamhaar. Sein Duft steigt ihm lockend in die Nase. Er küsst ihre Scheide und schon bald leckt er sie dort. Die Zunge sucht den Kitzler, der ihm entwischt, um sogleich wieder gefangen zu werden. Die Zunge spielt sanft mit ihrer Perle. Sie stöhnt auf und drückt mit der Hand seinen Kopf fester gegen ihre Scham. Die Schenkel öffnen sich und er leckt kräftiger. Wieder

entwischt der Kitzler ihm, um sogleich wieder ein-
gefangen zu werden. Das Spiel bereitet ihr Lust
und erregt auch ihn. Er dringt zusätzlich mit einem
Finger in sie ein.

Der Besucher presst sich gegen den Türrahmen
und versucht auf allen vieren an dem Plastik gewordenen Cerberus vorbei zu schleichen und hat
dabei nur Augen für seinen stummen, regungslo-
sen Widersacher.

Dabei entgeht ihm, dass der Mann jetzt seinen Penis zwischen ihre Brüste gebettet hat. Sanft und
weich massieren sie, während er sie knetet, und
gegen seine harte Erektion drängt. Der Anblick ihrer Busen erregt ihn, sie so zu spüren sogar noch
mehr. Wenig später legt er sich auf den Rücken
und lässt sich von ihr reiten. Langsam lässt sie
sich auf ihn nieder. Allmählich verschwindet sein
Penis in ihr, bis er sie ausfüllt. Dann beginnt sie
sich zu bewegen und lässt genüsslich ihr Becken
kreisen.
Kurz stützt sie sich mit den Händen auf seiner
Brust ab. Dann lehnt sie sich weit zurück, den Kopf
in den Nacken gelegt und lauscht mit geschlossenen Augen in sich hinein. Er sieht sie aufmerksam
an. Stoßweise geht ihr Atem durch ihren leicht geöffneten Mund. Sie beißt sich kurz auf die Unterlippe, ihre Augenlieder flackern und sie stöhnt auf.
Ihr Anblick ist wunderschön.
Als er die Ente überwunden hat und sich aufrich-
tet, wird er wieder nur mit der Rückenansicht des
Mannes konfrontiert, deren ästhetischer Wert eher

zweifelhaft ist. Das Paar liegt eng umschlungen beieinander, ein wenig erschöpft und verschwitzt. Sie sehen einander an. Ein Lächeln liegt auf ihren Gesichtern. Er streichelt immer wieder, wie in Trance ihren Rücken.

Der Unsichtbare blickt auf die beiden hinab und schüttelt nach einer Weile den Kopf und fühlt sich unbehaglich. Was er da auf dem Bett sieht ist mehr als ein Anblick. Es ist eine Welt, in die man nicht eindringen kann. Leise zieht er sich zurück. Nach einer Weile macht der Luftzug er offen stehenden Terrassentüre sie frösteln. Sie zieht sich ein TShirt über und geht auf die Toilette. Auf dem Weg dorthin schließt sie die Tür zum Garten. Eine leichte Brise geht in den Wipfeln der Bäume und im Teich quaken die Frösche.

Die Ein-Euro-Hure

Wenn sie lächelte: ein Mund mit weichen Lippen und kleinen, weißen Zähnen. Ihre Brüste waren Pfirsiche mit zierlich gestalteten Brustwarzen, ihr Bauch war flach, die Taille elegant geschwungen mit weiblichen, aber nicht ausladenden Hüften.

Michael seufzte und öffnete die Augen. Er setzte sich bequemer zurecht und startete einen neuen Versuch. Er rief sich ihre schmalen Füße ins Gedächtnis, die Zehen mit dem ewig schlammgrünen Nagellack, die tätowierte Echse, deren Schwanz sich um ihren schmalen Knöchel ringelte. Er dachte an ihre langen, glatt rasierten Beine und den rötlichen Busch krausen Schamhaares, der niemals gestutzt wurde.

Sie kniete auf allen vieren vor ihm, Rücken durchgedrückt, den Kopf in den Nacken gelegt und die Beine gespreizt mit herrlichem Ausblick auf ihre festen, apfelrunden Pobacken.

Michael warf das Handtuch und setzte sich auf. Nachdenklich betrachtete er sein halb erigiertes Glied, das ihm die Gefolgschaft verweigerte.

So grandios der Rausch von Lust und Liebe am Anfang gewesen sein möchte, so grandios scheiterte die anschließende Beziehung, so dass jetzt aller Zauber vernichtet war. Erst hatte der Zank die Liebe gemeuchelt, dann die Lust und das so gründlich, dass das Vernichtungswerk bis in die Phantasie hinein reichte. Wenn noch nicht einmal mehr die Erinnerung an vergangenen, glücklichen Sex zur Erektion verhelfen kann, dann lässt sich mit Fug und Recht sagen, dass das Kapitel beendet und besiegelt war.

Michael seufzte, ehe er aufstand und sich die Hose wieder hochzog.
Anke, derentwillen er Job und Stadt gewechselt hatte, um ihrem Telefonterror und der ewigen Nachstellungen zu entgehen: ein Körper wie Helena von Troja, ein Gesicht, dem man Blumenopfer darbringen möchte und der Charakter eines verrückten, afrikanischen Diktators, Idi Amin oder Charles Taylor. Wenn ihre Schönheit verblüht sein würde, was bliebe dann von ihr übrig?
Die Frage blieb rhetorisch, denn in Wahrheit trieb Michael etwas anderes um als seine ExFreundin, eine innere Unruhe, eine ganz profane Mixtur aus der typischen sexuellen Frustration eines Singles und blanker Langeweile.
Die Wohnung war voll gestellt mit halb ausgepackten Kisten und Gegenständen, die darauf warteten in noch nicht zusammen gebaute Regale und Schränke geräumt zu werden.
Einen Fernseher besaß Michael nicht und der Internetzugang war noch nicht frei geschaltet, weshalb andere Quellen der Inspiration, von abgegriffenen Erinnerungen einmal abgesehen, nicht zur Verfügung standen.
Schlimmer war aber, dass sich im ganzen Haus kein Tropfen zu trinken mehr befand und Michael wusste, dass sich in einem gelangweilten Hirn die Gedanken selbständig machen, um sich um die noch offenen Fragen einer unlängst verflossenen Beziehung zu drehen, wo die Wunden eben erst

vernarben oder, schlimmer noch, um neue Fragen aufzuwerfen. Das alles erschien Michael eine wenig erstrebenswerte Art zu sein das Wochenende zu begehen und es war noch nicht zu spät.

Die Küchenuhr auf einem Stapel Bücher aus der Studienzeit zeigte kurz nach neun Uhr. Genug Zeit, um einen noch offenen Supermarkt in der Gegend aufzutreiben. Eine Tankstelle täte es auch.

Außerdem hatte sich Michael seit seinem Umzug noch immer nicht in der Nachbarschaft umsehen können und kannte mehr oder weniger nur den Weg zur Arbeit. So hatte er Gelegenheit das Notwendige mit dem Nützlichen zu verbinden.

Michael schlug bewusst nicht den Weg ein, den er sonst jeden Tag zur Arbeit fuhr, obwohl er wusste, dass er dort nach etwa anderthalb Kilometern an einer Tankstelle vorbei kommen würde. Stattdessen wandte er sich in die entgegen gesetzte Richtung. Bei der Wohnungssuche hatte er auf google maps einen Park in der Nähe gesehen, meinte er sich jedenfalls zu erinnern. Auf den wollte er einen Blick werfen, ob er sich als morgendliche Joggingstrecke eigne.

Auf der Suche nach dem Park verhedderte sich Michael im Gewirr der Straßen und Gassen seiner Nachbarschaft. Er kam an einer Post vorbei, einem Nagelstudio und einem Kiosk, der wahrscheinlich schon geschlossen gewesen war, als Michael noch nicht das Licht der Welt erblickt hatte. Von einem Supermarkt fehlte jede Spur.

War Michaels Nachbarschaft noch eine mittelklassige Wohngegend gewesen, so wurde es jetzt zunehmend ärmlicher. Die parkenden Autos wurden mit jedem Schritt betagter, an den Fassaden der Häuser bröckelte der Anstrich und die Dichte an Graffitis an Wänden und Stromkästen stieg spürbar an.

Als Michael in eine schmale Seitenstraße einbog, fand er plötzlich alle Fenster in den Wohnungen hell erleuchtet und in den Fenstern standen oder saßen Frauen in Reizwäsche und trugen verschiedene Grade von Langeweile zur Schau oder unterhielten sich miteinander, bis sie bemerkten, dass man in ihre Richtung sah.
Unvermittelt hatte Michael das Rotlichtviertel seiner Stadt betreten. Fast war er schockiert, aber nicht so sehr, dass nicht die Neugierde überwogen hätte. Er betrachtete die Auslage in den dekorierten Schaufenstern aufmerksam.
Michael hatte noch nie zuvor eine Prostituierte leibhaftig gesehen und war bislang Opfer der vom Fernsehen geförderten Vorstellung gewesen, dass Frauen, die für Sex Geld verlangen, besonders schön sein mussten oder von einer Art Aura der Erotik umgeben. Daher war er überrascht, dass die Damen in den Fenstern in dieser Hinsicht nichts Besonderes waren. Man hätte ihnen so auch im Supermarkt oder an der Straßenbahnhaltestelle begegnen können, wenn auch nicht unbedingt in Reizwäsche.
Das Angebot reichte von der fülligen, obligatorisch gut gelaunten Afrikanerin zu blutjungen, blonden Mädchen mit osteuropäischem Akzent, denen man die Volljährigkeit unterstellen musste, da man

sie ihnen nicht ansah.

Michael hielt sich bewusst in der Mitte der Straße, um die Frauen eingehend betrachten zu können, ohne von ihnen gleich als potenzieller Kunde erkannt und angesprochen zu werden.

Von zwei vorüber gehenden Männern schnappte Michael auf, dass hier das Standartprogramm dreißig Euro kostete, wobei sich ihm sofort die Frage stellte was das wohl beinhaltete.

Die Schwarzhaarige mit dem Büstenhalter im Leopardenlook war ganz hübsch. Sie war wohl Anfang vierzig und hatte sich beim Versuch ihre Schönheit zu erhalten zu sehr auf die Dienste von Solarien verlassen. Man hätte sie genau so gut an einer Supermarktkasse antreffen können oder als Kellnerin in einer alteingesessenen Kneipe und man wäre an ihr vorüber gegangen ohne sich etwas zu denken, aber jetzt, da sie sich auf einem Barhocker in einem Fenster feilbot, konnte man es sich plötzlich vorstellen einmal mit ihr zu schlafen. Der Tarif war billig und sie sah preiswert aus. Es passte zusammen.

Michael bemerkte, dass ihm der Gedanke zunehmend gefiel, so wie er auch zunehmend Lust bekam mit einer der Damen ein Tänzchen zu wagen und so kehrte er ans Ende der Gasse angelangt noch einmal um und schritt die Fensterfront ein weiteres Mal ab, aber dieses Mal nicht mit dem staunenden Augen des Besuchers, sondern dem suchenden Blick des Kunden.

„Es ist die Verfügbarkeit.", dachte Michael vergnügt. „Sie sind nicht hübscher geworden, aber sexy. Sie sind sexy, weil sie billig zu haben sind, weil ich mir nehmen kann welche ich will und wann ich sie will und wie ich sie will. Ich kann mir aussuchen, ob ich mir von dieser lieben einen blasen lasse oder jene von hinten nehmen will. Wie ein kleiner Junge, den man über Nacht in der Spielzeugabteilung eines Supermarktes einschließt."

Ein Mädchen mit blonden Korkenzieherlocken war Michael ins Auge gefallen. Sie hatte eine Stupsnase und weiche, volle Lippen. Sie trug einen türkisen Büstenhalter und einen Slip von der derselben Farbe. Ihr Lidschatten war ebenfalls in blau gehalten, aber zu dick großzügig aufgetragen und zu kräftig in der Farbe. Die Wimperntusche war verklebt. Mit professionellem Makeup, einem Korsett und Strapsen hätte sie in einer Fin de siècle Revue auftreten oder ein Barmädchen im Wilden Westen geben können.

Als Michael nach seinem Portemonnaie in der Hosentasche griff, erstarrte er mitten in der Bewegung. Er hatte sein Geld in der Wohnung vergessen. Kein Fin de siècle Revuemädchen mit niedlichen Korkenzieherlocken, kein Einkauf in der Tankstelle.

Michael steckte eine Hand in seine Hosentasche, um seine Verlegenheit zu überspielen und fand dort die EuroMünze, die kürzlich vom Fahrkartenautomaten in der Straßenbahn nicht akzeptiert wurde. Stumm fluchend trat Michael den geordneten Rückzug an, entschied sich aber dagegen den Weg zurück zu gehen, den er gekommen war.

Die Stundenzimmer und Mädchen in Rot ausgeleuchteten Fenstern gab es nur auf einer Straße, auch wenn der Bezirk etwas größer war. Um die Ecke gab es Strip Clubs, Porno Kinos und Sexshops. Das Publikum war spärlich. Michael war zuversichtlich, dass er bald in die Innenstadt käme, von wo aus er den Weg nach Hause wieder fände.

Fast hätte Michael die im Schatten eines Hauses stehende Gestalt übersehen. Er war schon auf zwei oder drei Schritte an sie heran gekommen und bemerkte sie überhaupt nur, weil sie an ihrer Zigarette zog und die Spitze leuchtend rot aufglühte. Die Frau hatte einen Arm vor der Brust verschränkt und den Ellenbogen des anderen Armes, in dessen Hand sie die Zigarette hielt, auf die Faust gestützt. So rauchend machte sie einen Eindruck von abweisender Arroganz.

Dass sie so alleine vor der Hauswand stand und den Eindruck machte, als würde sie auf jemanden warten, ließ Michael sie einen Augenblick länger ansehen als höflich war. Sie löste sich aus ihrer Position und machte einen Schritt auf ihn zu.

Die Frau war das Gegenteil der Huren, die ein paar Straße weiter in den Fenstern auf ihre Kunden warteten. Sie trug Schuhe mit hohen Bleistiftabsätzen, dazu einen hellgrauen Hosenanzug, der ihre schmale Figur betonte. Eine Baskenmütze bedeckte eine modische Kurzhaarfrisur. Alles machte einen teuren Eindruck.

Die Zigarette noch immer abgewickelt in der Hand haltend, schien die Frau Michael abfällig zu taxieren.

111

„Hast du Lust mitzukommen?", fragte sie plötzlich. Es klang eher neugierig, denn nach einem Angebot.

„Was meinst du? Weil ich aus der Richtung komme?" Michael machte eine vage Handbewegung in die Nacht. „Nicht so mein Ding. „Außerdem, wie viel wird einem für einen Euro schon geboten?" Er kramte die Münze aus der Hosentasche und hielt sie in die Höhe. „Mehr habe ich nicht dabei."

„Ein wenig mehr muss man schon hinblättern.", pflichtete ihm die Fremde bei und lächelte. „Aber ich habe heute die EinEuroWochen und du würdest dich wundern was du dafür alles haben kannst. Es sei denn, du gehst lieber weiter nur spazieren, heißt das." Die Frau bedeutete ihm mit einem Kopfnicken zu folgen. Dann wandte sie sich um und verschwand im Hauseingang hinter ihr.

Michael war viel zu überrascht, um ihr nicht zu folgen.

Die Frau hatte drinnen, wo das Licht kaum weniger schummrig war als auf der Straße, auf ihn gewartet und nahm Michael an die Hand, als eintrat. Sie nickte einem schwergewichtigen, glatzköpfigen Rezeptionisten zu, der nicht den Eindruck machte, als würde sich sein Aufgabengebiet mit dem Herausgeben von Zimmerschlüsseln erschöpfen und führte Michael auf ihr Zimmer.

Das Etablissement musste eine Mischung aus Laufhaus und Bordell sein, jedenfalls hatte sie ihn nicht mit in ihre Wohnung genommen. Der Raum machte vielmehr den Eindruck eines Hotelzimmers. Er war mit einem schmalen Kleiderschrank möbliert und mit einem Doppelbett, das allerdings einen besseren Eindruck machte als die Betten der meisten Hotels, in denen Michael bislang abgestiegen war. Eine Türe führte zum Badezimmer.

„Ich bin Jasmin, wie die Blume.", sagte die Frau. „Wie heißt du?"

„Michael."

„Ah.", sie lächelte. „Gib mir deinen Euro, Mischa. In meinem Gewerbe ist Vorkasse die Regel." Sie sagte das ohne eine Spur von Ironie.

„Und jetzt will ich ficken.", sagte sie, nachdem er ihr die Münze ausgehändigt hatte. „Kannst du ficken?"

„Ich denke schon."

„Dann setz dich auf's Bett. Mach dich frei und sieh mir zu."

Michael setzte sich auf den Rand des Bettes und tat wie ihm geheißen. Während er sich auszog und nur seine Unterhose anbehielt, hängte Jasmin ihr Jackett und ihre Baskenmütze in den Schrank.

Dann fing sie an sich auszuziehen. Sie machte das langsam und konzentriert und ohne den Versuch dabei aufreizend oder sexy zu wirken. Jasmin wusste, dass alleine schon die Tatsache erotisch war, dass sie unmittelbar vor ihm stand und sich für ihn auszog, so dass das Aufknöpfen ihrer Bluse und das Lösen des Gürtels ihres Hosenanzugs eine Versprechung war.

Jasmin hatte dickes, blondes Haar, hellblaue Augen und eine helle Haut, so dass Michael sie als Osteuropäerin einschätzte, Russin oder Tschechin. Wenn sie geschminkt war, vom intensiven, roten Lippenstift einmal abgesehen, dann sah man es ihr nicht an, obwohl sie sicher Makeup aufgelegt hatte.

Als sie ihre Bluse aufgeknöpft hatte, warf sie ihm einen Blick unter ihren langen Wimpern hindurch zu, der so intensiv war, dass Michael ihn spüren konnte wie eine Berührung. Ein Kribbeln in seiner Lendengegend setzte ein.

Unter ihrer Bluse trug Jasmin einen weißen Büstenhalter mit viel Spitze, dessen Farbe von Unschuld sprach, während seine Transparenz Sünde verhieß. Man konnte die Konturen der festen Brüste erahnen und erhielt einen Vorgeschmack darauf, was einen erwartet, wenn die Hüllen fielen.

Unter Jasmins Hose kamen weiße Netzstümpfe und ein Strapsgürtel zum Vorschein. Ein Slip fehlte.

Michael hatte erwartet, dass sie gänzlich rasiert sei, aber ihre Scham war so sorgfältig zurecht gemacht als sei sie frisiert und ein bewusster Teil des Ensembles.

„Gefalle ich dir?", fragte Jasmin.

„Atemberaubend.", antwortete er wahrheitsgemäß.

„Das hoffe ich aber nicht.", lachte sie. „Sonst müsste ich mir Sorgen machen, denn das war erst der Anfang."

Jasmin ging vor ihm auf die Knie und streichelte seinen Schoß. Michael beobachtete gespannt die Hand auf seinem Schritt. Ihre Nägel waren kurz gehalten und nur die Nagelspitzen weiß lackiert. Ihr dezentes Makeup betonte Jasmins natürliche Schönheit.

Unter ihrer Hand begann sich etwas zu rühren.

Jasmin musste nichts machen. Nur dass sie vor ihm stand und eine Hand auf Michaels Schoß gelegt hatte, genügte bereits, dass seine Männlichkeit sich regte.

Als Jasmin seine Unterhose herunter zog und seine anwachsende Erektion in ihre warme Hand nahm, entwickelte sie sich rasch zu ihrer vollen Größe. Michael wagte sich kaum zu rühren und wartete gespannt darauf, was als nächstes passieren würde.

Jasmin streichelte kurz seinen Schwanz, zog die Vorhaut ein paar Mal zurück und enthüllte seine Eichel, ehe sie aufblickte und Michael in die Augen sah.

Jasmins Haut war makellos, die Lippen fein geschwungen und ihre Augen waren blau und kristallklar wie das Meer. Der Blickkontakt dauerte nur einen Augenblick, ehe Jasmin sich vor beugte und Michael tatsächlich einen Moment lang den Atem anhielt, als ihre Lippen seine Eichel berührten.

Jasmin zelebrierte den Oralsex förmlich, indem sie ihm mal nur mit spitzen Fingern die Hoden streichelte, ihn mit ihren Lippen massierte oder mit der Zunge über den Schwanz leckte als wäre es ein Eis. Nur allmählich steigerte sie den Einsatz, brachte die Zungenspitze zum Einsatz und fing sacht zu saugen an. Jasmin wollte ihn nicht rasch zum Orgasmus bringen, sie wollte überhaupt nicht, dass er kam. Sie wollte ihn nur erregen und seine Erregung selber auskosten.

„Leg dich hin.", forderte sie Michael auf und legte sich zu ihm ins Bett, nachdem sie sich ihres Büstenhalters entledigt hatte. Nur die Stümpfe und den Strapshalter behielt sie an.

„Du bist wunderschön.", flüsterte Michael und streichelte ihre Hüfte. „Man kann sich an dir nicht satt sehen."

„Dann kann ich nur hoffen, dass dein Appetit mindestens so groß ist wie deine Augen.", lachte Jasmin. „Ich habe dich nicht nur mitgenommen, um bewundert zu werden."

Michael beugte sich vor und küsste anstelle einer Antwort ihre Brüste.

„Nicht schüchtern sein. Du kannst alles mit mir machen, französisch, spanisch, anal, egal. Hauptsache, du machst es mir gut."

Michael legte eine Hand zwischen Jasmins Beine und stellte fest, dass sie feucht war. Sie seufzte und drängte sich gegen seine Hand.

Er küsste ihren Hals und fand schließlich Jasmins warme, lebendige Lippen, die umso gieriger nach seinen Küssen wurden, je mehr er ihre Scham mit seinen Fingern reizte.

Die ganze Zeit über hielt Jasmin seine Erektion fest, als wäre sie ein Beutestück oder eine Versicherung, dass er nicht plötzlich verschwände.

Michael richtete sich auf und drückte ihre Beine sacht auseinander, die sie bereitwillig für ihn öffnete. Sie legte die Hände auf ihre Brüste, während sie darauf wartete, dass Michael sie endlich nahm. Der ließ sich jedoch Zeit und ihren Anblick noch einmal auf sich wirken, die langen, Netz bestrumpften Beine und der Strapsgürtel, ihre rasierte Scham, die vor Lust glänzte und gerötet war, ihre Hände auf den schönen Brüsten und das perfekte Gesicht, auf dem ein seliger, entrückter Ausdruck lag.

Als Michael sie an der Taille packte und seine Erektion in Position brachte, erwachte Jasmin noch einmal aus ihrer Trance und hielt ihn zurück. Wie aus dem Nichts gezaubert, hatte sie plötzlich ein Kondom in der Hand.

„Es ist feucht. Er wird einen Regenmantel brauchen.", murmelte sie. Mit geübten Handbewegungen zog sie es ihm geschickt über. Dann küsste sie Michael wieder und ließ sich auf seinem Schoß nieder.

Einen Arm um Michaels Nacken gelegt, dirigierte sie mit der anderen Hand sein steifes Glied, bis es sanft in ihre Muschi glitt. Währenddessen blickte Jasmin ihm unverwandt in die Augen. Ob sie in ihm las oder durch ihn hindurch sah, konnte Michael nicht sagen. Dann schloss sie die Augen und ließ ihr Becken langsam kreisen.

Wohl wegen des Kondoms entwickelte Michael ein ihn überraschendes Stehvermögen. Jasmin trieb es mit ihm im Sitzen und rieb ihre Muschi an seiner Erektion, als sei sie ein lebender Dildo und geilte sich und Michael damit auf, dass sie in einen Rausch verfielen.

Er nahm sie von hinten und ließ ihre Pobacken rhythmisch gegen seine Lenden klatschen, während sie ihre Lust hemmungslos herausschrie.

Sie kam lautlos in der Missionarsstellung, sich auf die Unterlippe beißend, während sie ihn mit ihren Beinen umklammerte, als wolle sie ihn tiefer und tiefer in sich hinein ziehen.

Schließlich gab sie sich ihm noch einmal als Hündchen hin und noch immer war Michael nicht erschöpft, so wenig wie er es müde wurde sie zu berühren oder von ihrem Anblick fasziniert zu sein. Mehr als einem hatte sie einen Gesichtsausdruck oder machte eine Kopfbewegung, dass er dachte, er habe sich in Jasmin verliebt. Ganz sicher war sie die schönste Frau mit der er je geschlafen hatte.

Mit einem Mal wurde das Gefühl intensiver. Er sah, dass ein Lächeln ihre Lippen umspielte und versuchte das Ende noch weiter heraus zu zögern, aber gleichzeitig konnte er gar nicht anders, als dem neuen, köstlichen Gefühl nachzugehen. Jasmin entließ ihn erst wieder aus dem Spiel ihrer Muskeln, als er seine Finger in ihre Pobacken grub und sich in einer Explosion entlud.

Obwohl er Lust hatte, lehnte Michael die angebotene Zigarette ab. Stattdessen streichelte er Jasmins Bauch und beobachtete sie, während sie ihre Zigarette danach rauchte.

„Nicht die Brustwarzen, die sind empfindlich.", sagte sie. „Aufgeregt.", fügte sie lächelnd hinzu.

„Erregt?"

„Das waren sie vorhin. Jetzt sind sie aufgeregt."

Jasmin nahm noch einen Zug, dann wandte sie sich nahm ihm um und sah ihn ernst an.

„Zeit, dass du jetzt gehst. Ich will noch duschen und dann nach Hause."

Er nickte, hatte aber keine Lust aufzustehen. Es war Jasmins Blick, der Michael schließlich aus dem Bett trieb und seine Sachen zusammensuchen ließ.

„Bist du immer hier?", fragte er mit einem bemüht unschuldigen Ton, während er seine Hose anzog.

„Warum?", fragte Jasmin amüsiert. „Willst du dich etwa mit einer Hure einlassen?"

„Einer EinEuro Hure.", fügte er mit Nachdruck hinzu, um sie wissen zu lassen, dass er ihr das nicht mehr abnahm.

„Gerade vor denen sollte man sich hüten."

Michael suchte in den nächsten Wochen wieder und wieder nach Jasmin, aber sie war nicht mehr da. Die Visitenkarte, die sie ihm zum Abschied gegeben hatte, war falsch, eine falsche Telefonnummer, ein Fantasiename. Er versuchte es irgendwann mit dem Mädchen mit den Korkenzieherlocken und gab ihr das Dreifache von dem was sie verlangte, aber es war nicht annähernd dasselbe wie mit Jasmin gewesen. Er hätte ihr auch das Zehnfache anbieten können und es hätte nichts geändert. Seine Nacht mit der geheimnisvollen Schönen ließ sich nicht wiederholen.

Der Neue

Neuer Job, neue Kollegen, neuer Arbeitsplatz. Ich bin kein Freund von Eingewöhnungsphasen, wenn man wegen jeder Kleinigkeit jemanden fragen muss und immer auf die Hilfe anderer angewiesen ist. Schlimmer sind nur noch die Pausengespräche in der Anfangszeit, wenn man nur einem Bruchteil der Unterhaltungen folgen kann, die sich meistens um Privates drehen oder die Arbeit, womit für Neueinsteiger im Wesentlichen das Wetter als Einstiegsthema übrig bleibt.

Ich zündete mir im Pausenraum eine Zigarette an und lauschte notgedrungen der Unterhaltung meiner beiden Kolleginnen. Die eine, Dagmar, missachtete die gesellschaftlichen Konventionen vom gepflegten Äußeren mit einer Konsequenz, die Bewunderung abringen musste. Ihr Erscheinungsbild mit den stets fettig glänzenden Haaren wurde abgerundet durch Sack ähnliche TShirts und Strickjacken. Die andere, Melanie, die aber darauf bestand sich von allen Mel nennen zu lassen, war auch schon alt genug, um die Trauer über ihren vierzigsten Geburtstag überwunden zu haben. Sie hatte drei erwachsene Söhne, die alle schon außer Haus waren. Das hinderte sie nicht daran, um ihre verflossene Jugend weiter zu kämpfen, indem sie sich die Haare pechschwarz färbte, eine Dauerkarte für das Solarium besaß, offensichtlich regelmäßig das FitnessStudio besuchte und in jedem vierten Satz erwähnte, dass sie mit dem Motorrad zur Arbeit kam, auch wenn das Wetter nun wirklich allmählich zu schlecht dafür wurde. Man musste Melanie – oder Mel – zugute halten, dass sie sich tatsächlich eine jugendliche Figur erhalten hatte und die einzigen Andeutungen ihres Altes Falten um die Augen waren. Der Bauch war fest, der Po flach und ihr Gang war federnd.

Die Unterhaltung der beiden drehte sich um Gartenarbeit, denn für Ziersträucher und Pflanzen schien Dagmar leichteren Herzens Geld auszugeben als für sich selbst.

"Und am Abend konnte ich ja nicht mehr in den Garten, so hat's geregnet.", sagte Dagmar in einem vorwurfsvollen Ton, beinahe so als gäbe es eine Instanz, die dafür die Verantwortung trüge. „Normalerweise bin ich ja nicht pinzig, aber heute musste ich mir etwas überziehen." Sie zupfte an einer schlammgrünen Wolljacke.

"Ich bin auch überhaupt nicht empfindlich.", verkündete Mel. „Heute bin ich mit dem Motorrad zur Arbeit gefahren und es ging. Hauptsache die Füße sind warm, dicke Wollsocken."

"Nein, mit den Füßen habe ich keine Probleme. Ich habe sogar im Winter nachts die Föös immer aus der Decke stecken."

"Geht gar nicht.", lachte Mel. „Ich habe meine Füße immer eingemummelt. Manchmal spiele ich unter der Decke mit ihnen, reibe die Zehen aneinander."

Unwillkürlich entstand vor meinem Gesicht ein Bild gebräunter, schlanker Füße mit knallig lackierten Zehennägeln.

Mel musste den Blick bemerkt haben, den ich ihr zugeworfen hatte, denn sie lächelte mich an.

Obwohl ich errötete, wurde ich das Bild in meinem Kopf nicht los, im Gegenteil. Es wurde sogar schlimmer, denn jetzt war das Bild mit den erotischen Füßen endgültig mit Mel verknüpft und bezog sich auf sie, und einmal in Fahrt gekommen begnügte sich meine Fantasie damit nicht mehr, fügte den Füßen nackte Beine hinzu, und nach einem Blick auf Mels enge Jeans, einen bronzefarbenen runden Hintern.

Der Gedanke war sexy und irritierend zugleich, weil ich Mel nicht sonderlich mochte. Ihr Bedürfnis immer cool zu wirken, missfiel mir. Es blieb nur zu hoffen, dass sie meine wachsende Erektion nicht bemerkte, weshalb ich von Glück sagen konnte, dass ich eine Jeans trug. Ich machte meine Zigarette aus und ging wieder an die Arbeit.

Ich begegnete Mel am nächsten Tag in der Mittagspause wieder. Dieses Mal war sie offensichtlich nicht mit dem Motorrad zur Arbeit gekommen, denn sie trug dünne Ballerinas, Leggins, einen knappen Jeansrock und ein Top. Einerseits fand ich es peinlich, wenn sich eine Frau ihres Alters kleidete wie die Freundin ihres Sohnes, andererseits hatte sie nun einmal die Figur, um sich die Kleider der Freundin ihres Sohnes auszuleihen.

Wir grüßten einander weiterhin, wenn wir uns auf dem Gang oder im Pausenraum trafen oder dankten, wenn der eine dem anderen die Türe aufhielt und hatten uns sonst nichts zu sagen. Ihr Anblick hatte jedoch eine magische Anziehungskraft auf meine Blicke und wann immer es irgend möglich war, musste ich sie einfach ansehen. So war Mel binnen kürzester Zeit und nur aufgrund einer zufällig mit angehörten Bemerkung über unter der Decke miteinander spielender Zehen zum bunten Tupfer Erotik im eher grauen Buchhalterbüroalltag geworden.

Wann immer Mel sich in meiner Nähe befand, suchten meine Augen neue Details an ihr zu entdecken, wanderten meine Blicke über ihren Hintern (eine Idee zu dick, aber wohlgeformt und geraden in engen Jeans ein Hingucker), ihre schlanken Beine, nahmen ihren üppigen Busen in Augenschein oder verweilten bei den Füßen, deren Rücken in ihren Ballerinas sehr erotisch zur Geltung kamen.

Für den nächsten Tag war Kundenbesuch angesagt und das ganze Haus, die Buchhaltung mit eingeschlossen, hatte sich in Schale zu werfen.

Ich trug wieder den Anzug, den ich schon für meine Bewerbung getragen hatte. Mel trug schwarze Pumps aus Leder mit hohen Absätzen, ein schwarzes, geschlitztes Kleid mit halterlosen Strümpfen und einer weinroten Bluse. Das Ensemble war sehr konservativ, aber sie sah darin Atem beraubend aus.

Wir begegneten einander schon vor dem Fahrstuhl und sie begrüßte mich mit einem:

"Fesch, chic."

Ich machte im Fahrstuhl eine artige Bemerkung über ihre goldene Kette, um zu kaschieren, dass mein Blick etwas tiefer gegangen war und in ihrem

Ausschnitt geschwelgt hatte.

"Du solltest häufiger Anzüge tragen.", sagte sie. „Es steht dir gut. Ein wenig Eleganz tut Männern immer gut oder ich stehe einfach auf Anzüge." Sie lachte.

Die erste Rundmail des Tages besagte, dass unsere Abteilung vom Kundenbesuch verschont bleiben würde. Für uns bedeutete das „buissiness as usual" und dass wir unsere Sonntagssachen umsonst spazieren führten.

Ich war im Kopierraum und ein wenig überfordert mit den vielen Sonderfunktionen des Kopiergerätes, so dass ich zwar hörte wie in meinem Rücken die Türe geschlossen wurde, aber nicht weiter darauf achtete. Erst als ich fluchend das ambitionierte Vorhaben aufgab eine Din A4 schwarzweiß Kopie zu erstellen, drehte ich mich um und bemerkte Mel.

Sie hatte es sich von mir unbemerkt in einem ausrangierten Bürostuhl bequem gemacht, den man im Kopierraum geparkt hatte.

"Hi.", lächelte sie. „Da sie dein Interesse geweckt haben, dachte ich mir, dass es unhöflich von mir wäre, wenn ich euch nicht einander vorstelle." Damit streckte sie ihr Bein aus legte ihren Fuß auf mein Gemächt.

Ihre Füße waren nicht so schön wie in meiner Fantasie, beziehungsweise der weiße Nagellack mit goldenem Zierrat traf meinen Geschmack nicht. Die Wirkung war jedoch enorm. Es war die schnellste Erektion meines Lebens.

"Da freut sich jemand.", grinste Mel.

"Das ist die Überraschung.", sagte ich hilflos.

"So fühlt sich also Überraschung an." Mel zeichnete mit ihrem großen Zeh die Konturen meiner Erektion durch die Hose nach. Die Berührung raubte mir den Atem.

"Dabei bist du überhaupt nicht mein Typ, viel zu unreif, aber es gibt nichts Erregenderes auf der Welt, als wenn dich jemand mit Blicken auszieht, wenn er dich heimlich anstarrt und mit den Augen verschlingt."

Mel schlug ihre Beine auseinander und gab unter ihrem Rock den Blick auf ihre blanke Scham frei, die wahrscheinlich frisch rasiert war und verdächtig schimmerte.

Der Anblick half mir, mich vom Schock der ersten Überraschung zu erholen und ich nahm ihren Fuß sacht in meine Hände.

"Wir sollten nichts überstürzen.", sagte ich. „Zumal, wenn sich dein Fuß nicht in Zurückhaltung übt, wird bald ohnehin nichts mehr zum Überstürzen übrig sein."

"Von wegen nichts überstürzen.", protestierte Mel. „Ich will kein Abendessen bei Kerzenschein und kein Small Talk. Ich bin scharf und will einfach bloß dreckigen, ehrlichen Sex und wenn du jetzt einen Rückzieher machst, dann vergewaltige ich dich auf der Stelle und ich garantiere dir, du verlässt diesen Raum nicht in einem Stück."

„Nichts anderes hatte ich im Sinn.", erwiderte ich und ließ mich vor ihr auf die Knie nieder. „Es wäre nur schade, wenn das Gelage nach der Vorspeise schon wieder vorbei wäre."

„Ah.", machte Mel und legte mir ihre Beine über

die Schultern, worauf ich mich in ihren Schoß vertiefte.

Ihre Lust hatte der meinen wohl in nichts nachgestanden, denn kaum dass meine Lippen sie berührten, lief schon ein Schauer durch ihren Körper und sie presste sich fester an mich.

Ich streichelte ihre Schamlippen und saugte an ihrem Kitzler, bis sie auf ihrem Bürostuhl herum zu rutschen begann, als säße sie auf einer heißen Herdplatte, doch ich war nicht gewillt mich abschütteln zu lassen, denn ich wollte wissen, wie weit sich ihre Lust noch steigern ließ. Ich hatte auch gar keine Wahl, denn wenn ich sie bei ihrem Herumgerutsche einmal verlor, protestierte sie augenblicklich und drückte ihre Hacken in meinen Rücken.

Wir spielten das Spiel ich weiß nicht wie lange, eine Ewigkeit oder nur wenige Minuten. Sie musste mir Büschel von Haaren ausgerissen haben und sich die Bluse zerrissen, halb wahnsinnig vor Erregung, aber gekommen war sie noch nicht.

Jemand betätigte die Türklinke, doch es war verschlossen.

„Besprechung.", rief Mel und ihre Stimme klang dabei nicht anders, als wäre sie eben im Begriff ein Blatt auf dem Kopierer zu wenden, wohingegen mir ein ordentlicher Schreck durch die Glieder gefahren war.

„Du hast Recht.", sagte Mel munter. „Es wäre schade um die Vorspeise gewesen, aber jetzt habe ich Lust auf den Hauptgang." Damit legte sie ihr Kleid ab und zog sich die Bluse vollends aus, so dass sie nun nackt vor mir stand.

Mel drehte sich um, stützte sich an einem Regal ab und stellte einen Fuß auf den ausrangierten Bürostuhl, so dass sie mir ihren blanken Hintern dar bot.

„Und jetzt.", sagte sie mit Vorfreude in der Stimme, „will ich, dass du mich fickst."

Obszönitäten aus dem Mund einer Frau hätte ich sonst als abstoßend empfunden, aber in dieser Situation war es, als spräche sie mir aus der Seele und ich ließ die Hose fallen.

Meine Erektion fühlte sich nicht mehr an als würde sie jeden Augenblick bersten, aber noch immer härter als Beton. Ich streifte mir in aller Seelenruhe den Pariser aus meinem Portemonnaie über, der sich wahrscheinlich schon auf ein beschauliches Rentnerdasein eingerichtet hatte und starrte dabei unverwandt auf Mels nackten Hintern.

Ihre Muschi war nass. Die Innenseiten der Schenkel glänzten bis zu den Knien herunter. Es war mir ein Rätsel, wie jemand so erregt sein konnte, ohne einen Orgasmus zu haben. Ihr Potenzial schien so unerschöpflich wie ihr Anblick göttlich zu sein. Ihre Haut hatte einen bronzenen Sonnenbankbräune Schimmer und ihr Körper war voller eleganter Schwünge und Kurven, während ihr runder Po mich an einen Pfirsich erinnerte.

Und das, dachte ich, obwohl ich sie noch nicht einmal sonderlich sympathisch fand. Ihr Anblick aber, wie sie nackt in halterlosen Strümpfen und hochhackigen Schuhen in Erwartung meiner prallen Erektion vor mir stand, war einfach unwiderstehlich, ein so traumhafter Anblick, dass man ihn sich nicht einmal zu träumen getraute.

Ich musste mir keine Sorgen machen, dass Mel ungeduldig würde. Sie streichelte ihre Busen und zwickte ihre Nippel und berauschte sich selbst an ihrer Pose und daran, dass ich sie mit den Augen fickte. Ich wusste jetzt ja, dass es sie anmachte, wenn man sie beobachtete, und hätte ich etwas gesagt, sie hätte es genossen vor meinen Augen mit sich selbst zu spielen und dabei diese oder jene Pose einzunehmen.

Mel stöhnte schon auf, als ich meinen Schwanz an ihren Schamlippen ansetzte, aber ich gab ihr noch nicht alles, nur die Spitze und auch die nahm ich ihr wieder weg. Ich wollte sie locken, sie quälen, wollte sehen, ob ich dazu bekäme darum zu betteln.

Als ich ihn das nächste Mal ein Stück weit eindringen ließ, beugte sich Mel plötzlich vor. Ich war darauf nicht gefasst gewesen und sie war so nass, dass die kleine Bewegung schon genügte, um ihn in ihre Muschel gleiten zu lassen, als führe er auf Schienen.

Es gefiel Mel von hinten genommen zu werden, Sie gab einen lang gezogenen Laut von sich, halb Stöhnen, halb unterdrückter Schrei und drängte sich an dichter an mich. In diesem Augenblick liebte sie es geradezu und sie drückte ihren Po immer fester gegen meine Lenden, konnte ihn nicht gar nicht tief genug in sich spüren. Dabei feuerte sie mich mit Worten an, die mir zu jeder anderen Gelegenheit die Schamesröte ins Gesicht getrieben hätten, in diesem Moment aber mitreißend waren. Wenn sie jetzt „Fick mich,", stöhnte, ging das ohne den Umweg über das Gehirn direkt als Befehl an meinen Unterleib, während sie sich hemmungslos gehen ließ, als hätte sie sich nichts sehnlicher gewünscht, als heute hart und keuchend von hinten genommen zu werden und wollte es, jetzt da es geschah, bis zum Letzten auskosten.

„Auf den Boden.", kommandierte Mel plötzlich atemlos. „Du vögelst großartig, aber ich bekomme meinen Orgasmus nur, wenn ich oben bin und wenn ich nicht bald komme, fange ich zu schreien an."

Wir wechselten also die Stellung und nachdem das Geheimnis ihrer Ausdauer gelüftet war, ging es enttäuschend schnell, wenn auch umso heftiger.

Beinahe hätte Mel mich mit meiner Krawatte auf dem Gipfel ihrer Lust erdrosselt, wofür sie sich mit einem Zungenkuss auf den Mund und auf meine Erektion bedankte.

Als sie schwer atmend in meinen Armen lag, war sie von einer dünnen Schweißschicht bedeckt.

„Ich liebe junge Liebhaber", lächelte sie. „Ihr seid so ausdauernd und so enthusiastisch dabei wie spielende junge Hunde."

Fast beiläufig befreite sie meine Erektion aus ihrem Gefängnis und nahm sie in die Hand, um auch mich zum Höhepunkt zu bringen.

„Glaub bloß nicht, dass wir jetzt ein Liebespaar sind.", sagte Mel, als sie sich ihre Bluse zuknöpfte.

„Ich will nicht deine Telefonnummer haben, ich will nicht mit dir ins Kino gehen und ich will nicht mit dir quatschen. Du bis ja noch ein halbes Kind, ich kann dich überhaupt nicht Ernst nehmen."

Ich tat so, als müsse ich mich sehr darauf konzentrieren mir meine Hose anzuziehen, damit sie mir meine Enttäuschung nicht ansah. Als ein Liebespaar hatte ich uns auch nicht gesehen, aber darauf gehofft, dass das nicht ein einmaliges Erlebnis bleiben würde.

„Was ich will, ist Sex mit dir im Konferenzzimmer in der Mittagspause haben, eine geile Nummer auf der Toilette, nach der Arbeit auf der Rücksitzbank im Auto oder in einem billigen Hotelzimmer. Ich weiß nicht warum, aber ich glaube, meine Muschi und dein Schwanz sind wie füreinander geschaffen."

Blumenmädchen

Artur Sibisiak trat beschwingten Schrittes aus der Glastür und aus dem gleißenden Licht in die dunkle Nacht. Im Gehen kramte er in seiner Tasche nach seinem Wagenschlüssel. Nach den heftigen Regenschauern am Abend, war die die Luft schwer und am Straßenrand hatten sich Pfützen gebildet, in denen sich das Licht der Laternen spiegelte. Wie immer um diese Zeit war die Straße menschenleer, weshalb es kein Risiko darstellte in Sichtweite des BMW nach den knubbeligen Schlüssel aus seiner Hosentasche zu ziehen und das Auto aus der Ferne zu entriegeln.

In diesem Augenblick, da die orangenen Lichter des Wagens wieder von der Dunkelheit geschluckt wurden, hörte Artur ein Geräusch, das Knacken eines zerbrechenden Zweiges und fuhr herum.

Das dünne, weiße Kleid verlieh ihr eine geisterhafte Erscheinung. Der Wind spielte mit den langen, blonden Haaren. Sie spazierte unter den spärlichen Bäumen zwischen den beiden Fahrstreifen einher, als befände sie sich in einem Wald und hielt dabei den Blick gesenkt, schien in sich selbst versunken, als hätte sie Artur Sibisiak, seinen BMW und die ferngesteuerte Zentralverriegelung nicht wahrgenommen.

Artur war von der nebulösen Frauengestalt irritiert. Sie musste wissen, dass er da war, musste das Piepen der Fernbedienung gehört und die Lichter gesehen haben, doch ihr Verhalten wirkte nicht gestellt, als wäre sie wirklich allein in ihrer eigenen Welt.

So kam sich Artur wie bei einer Videoinstallation vor und als er würde einer unwirklich realen Frau dabei zusehen, wie sie tief in Gedanken versunken in einem weißen Kleid durch einen Wald spazierte, während er ihr mit der Laptoptasche in der einen und dem Wagenschlüssel in der anderen Hand dabei zusah, derweil der Wind mit seiner Krawatte spielte. Zwei Welten, durch eine Glasscheibe von einander getrennt, aber in ein Bild gebracht.

Dann blickte das Mädchen auf und sah Artur direkt an. Ihr Gesicht war blass im Schein der Laternen, schmal geschnitten und mit auffällig großen, dunklen Augen. Die Lippen waren kirschrot geschminkt, wie bei einem Kind, das sich zum ersten Mal an Mutters Lippenstift vergangen hat.

Das Mädchen beobachtete Artur unverhohlen, wie aus einem Versteck heraus. Er konnte es von ihrem Gesicht ablesen, vielleicht noch ehe sie es selber wusste, dass sie einen Entschluss gefasst hatte.

Als das Mädchen die ersten Schritte auf Artur zu machte, ließ eine Brise die Zweige der Bäume erzittern und die Blätter rauschen.

Zwei Schritte vor ihm blieb es stehen und musterte ihn, ohne ihn dabei eines Blickes zu würdigen. Sie studierte seine Laptoptasche, seine italienischen Wildlederschuhe, den maßgeschneiderten Anzug und die Seidenkrawatte, aber Artur beachtete sie nicht.

„Ist das nicht ein wenig zu spät, um noch alleine spazieren zu gehen und vor allem zu kalt?", fragte Artur unbehaglich.

Das Mädchen blickte überrascht zu ihm auf, als hätte sie ihn eben erst bemerkt. Ein Lächeln huschte über ihr Gesicht, was eine Wirkung auf ihre strengen Züge hatte, als sei dort eine Sonne aufgegangen. Ihre braunen Augen glänzten überraschend lebendig.

„Und du, ist es nicht zu spät, um jetzt erst mit der Arbeit aufzuhören und vor allem zu schön?"

Artur lachte. „Das sage ich mir auch beinahe jeden Tag, aber von nichts kommt eben nichts und die Arbeit erledigt sich nicht von alleine."

„Muss sie das denn?" Sie hatte die Frage kaum gestellt, da wirkte sie schon gelangweilt, als hätte sie von einem Augenblick auf den nächsten das Interesse an dem Thema verloren.

„Das hast du bestimmt erraten, weil ich meinen Laptop dabei habe und einen Anzug trage, aber vielleicht mache ich auch gerade einen Spaziergang?"

Mit diesem ungeschickten Themenwechsel gewann Artur zumindest ihre Aufmerksamkeit wieder zurück.

„Das stimmt.", sagte das Mädchen leise und schloss dabei die Augen, so dass Artur den Eindruck hatte, ihre Antwort hätte nicht so sehr seiner Frage gegolten als vielmehr einer, die eine innere Stimme ihr gestellt hatte.

Als sie die Augen wieder aufschlug, lächelte sie.

„Gehen wir doch ein Stück zusammen spazieren.", sagte sie. „Wie heißt du?"

„Sibisiak.", sagte Artur. Dann zog er eine Grimasse. „Artur. Ich heiße Artur."

Ihr Lächeln wurde eine Spur breiter.

„Claire."

Sie gingen nebeneinander her auf Arturs Wagen zu. Die Nacht war kühl und ein Windstoß ließ sie beide jedes Mal frösteln, wenn er durch ihre Kleidung ging. Dennoch hatte Artur die Vorstellung er wandere durch einen lauen Sommerabend.

Er warf dem Mädchen einen verstohlenen Seitenblick zu. Das auffälligste an ihrem Gesicht war der Mund, die schmalen, schwungvollen Lippen, denen der kirschrote Lippenstift etwas Kindliches verlieh. Was einem aber bei diesem Gesicht in seinen Bann schlug, das waren die großen, dunklen Augen, in denen man sich verlieren konnte. Wenn der rote Mund Claire jünger machte als sie war, dann bewirkten die klugen, lebendigen Augen das genaue Gegenteil.

„Wie alt bist du eigentlich?" Artur versuchte die Frage unverfänglich klingen zu lassen und wunderte sich selbst, warum er sich darum bemühen musste.

„Ich bin achtzehn Jahre alt und tausend Monate und die Tage habe ich nicht gezählt. Was für eine komische Frage? Wie alt bist du denn?"

„Vierzig. Warum ist das eine komische Frage?"

„Tage oder Jahre?"

„Jahre, natürlich. Du bist es, die komische Fragen stellt."

„Nein, du.", gab sie gut gelaunt zurück. „Du willst mich kennen lernen und fragst nach meinem Alter. Was fängst du damit an, wenn du es weißt? Zwanzig Jahre, dreißig, hundertvier, was spielt es für eine Rolle?"

„Wer sagt, dass ich dich kennen lernen möchte?"

„Na, deine Augen haben es mir verraten.", lachte Claire. „Mit dem Mund stellst du unwichtige Frage und redest belanglos daher, aber deine Augen sprechen eine andere Sprache, wenn sie sich unbeobachtet glauben."

„So? Was sagen sie denn?"

Inzwischen hatten sie Arturs Auto erreicht und er öffnete den Kofferraum, um seinen Laptop zu verstauen. Irgendwie erleichterte es ihn, so ihre Antwort heraus zu zögern. Ganz normal war das Mädchen nicht und wenn sie nicht ganz normal war, dann brachte sie ihn in eine unangenehme Situation. Wenn sie labil war und von irgendwo entlaufen, von Zuhause oder einer psychiatrischen Einrichtung, dann konnte er sie nicht auf der Straße stehen lassen und einfach wegfahren. Allerdings wirkte Claire nicht verrückt, eher selbstbewusst und spöttisch, als würde außer ihr jeder belanglose Dinge machen und auch noch furchtbar Ernst nehmen und irgendwie fühlte sich Artur bei diesem Gedanken in seinem teuren Geschäftsanzug und mit der Laptoptasche schuldig.

„So.", sagte Artur, als er den Kofferraumdeckel schloss und sich wieder nach ihr umwandte.

„Deine Augen fragen, ob ich dich lieben könnte.", sagte Claire.

Überrumpelt stand Artur mit dem Autoschlüssel in der Hand vor ihr und war um eine Antwort verlegen.

Er suchte nach einer Begründung für ihre Behauptung und verdächtigte seine Blicke, mit denen er sie gemustert hatte, den schön geschwungenen Mund mit dem erdbeerroten Lippenstift und die schönen, braunen Augen. Er verdächtigte seine Blicke zudringlich gewesen zu sein und fragte sich zugleich, warum sie es gewesen waren. Gerade weil er all das dachte, sah er Claire um so eindringlicher an und seine Blicke ließen es nicht mehr nur beim Gesicht bewenden, sondern schweiften über ihre Hände, ihre Brüste und Beine, wichen den Kontakt mit ihren Augen aus und beobachteten das Spiel des Windes mit ihrem langen, dunklen Haar. Mit jedem Augenblick, den er sie ansah und schwieg, machte er sich schuldiger. Claire strich sich eine Strähne aus der Stirn.

„Vielleicht fragen sie sich auch selbst, ob sie mich lieben könnten.", sagte sie ruhig.

„Vielleicht. Vielleicht auch nicht." Artur erwachte aus seiner Erstarrung. „Vielleicht ist es auch ein Übersetzungsfehler, aber du musst mich entschuldigen. Es war ein langer Tag und er geht gleich morgen früh weiter."

Ich wollte dich nicht in Verlegenheit bringen.", sagte Claire überrascht.

„Tust du nicht, aber ich muss los." Artur lächelte so schief, dass es ihm beinahe wehtat. Dann wandte er sich um und stieg grußlos ins Auto.

Bevor er um die Kurve fuhr, blickte Artur in den Rückspiegel und sah, dass Claire noch immer auf der Straße stand. Ihr weißes Kleid flatterte im Wind.

Als Artur das Wohnzimmer betrat, blickte seine Frau vom Fernseher auf. Eigentlich sah sie nur hoch, um anzuzeigen, dass sie sein Eintreten bemerkt hatte und weniger, um ihn zu begrüßen. Der Fernseher lief zu laut und auf dem Couchtisch vor ihr standen eine halbvolle Flasche Wein und ein leeres Glas.

„Hallo Schatz.", sagte sie. „Wie war dein Tag?"

Artur sah sich im Wohnzimmer um. Eigentlich hatte er von seiner Begegnung erzählen wollen, aber mit einem Mal wusste er nicht mehr, ob das eine gute Idee gewesen wäre. Es würde zu mehr Komplikationen führen, als das es Nutzen haben würde.

„Normal.", sagte er. „Wie immer. Ich geh ins Bett. Es war ein langer Tag und Morgen muss ich früh raus."

„Wie immer.", sagte seine Frau. Ein bitterer Unterton schwang in ihrer Stimme mit, der Artur nicht entging.

Er wusste nichts darauf zu entgegnen und wandte sich wortlos ab.

Artur hatte den ganzen Tag über nicht an Claire gedacht. Erst als er den Computer herunter fuhr und seinen Laptop wieder in der Tasche verstaute, fiel sie ihm wieder ein.

Er wunderte sich, ob sie wieder draußen zwischen den Bäumen herum spazierte und schüttelte den Kopf. Ein seltsames Mädchen. Artur war sich nicht sicher, ob sie nicht doch verrückt war, aber dafür war sie zu hübsch, ihre Augen zu klug.

Als er aus dem Gebäude trat, regnete es.

„Dann wird sie wohl nicht da sein.", war Arturs erster Gedanke und sogleich ärgerte er sich darüber, dass er wieder an sie gedacht hatte. Er spannte seinen Regenschirm auf und ging zu seinem Auto. Etwas fiel auf Arturs Schirm. Überrascht blickte er auf. In der Baumkrone über ihm war ein weißer Fleck.

„Da bist du ja wieder.", rief Claire.

Artur musste unwillkürlich grinsen. „Da ich hier jeden Tag arbeite, müsste ich das eigentlich sagen.", rief er.

„Da hast du Recht. Ich bin Gast in deinem Revier."

„Was machst du überhaupt da oben? Du wirst ganz nass."

Claire streckte eine Hand aus und Artur meinte sehen zu können, dass sie den Kopf schüttelte.

„Nur ein wenig und warum auch nicht? Es regnet ja. Komm doch rauf."

Fast hätte Artur geantwortet, dass es bestimmt dreißig Jahre her war, dass er zuletzt auf einen Baum geklettert war, aber dann erschrak er bei diesem Gedanken, denn er entsprach der Wahrheit. Was hatte er die letzten dreißig Jahre nur gemacht, dass er niemals das Bedürfnis gehabt hatte auf einen Baum zu klettern?

„Du traust es mir wohl nicht zu?", rief er Claire zu und auch sich selbst. „Na warte, ich komme."

Artur legte die Laptoptasche auf den Boden und stellte den aufgespannten Regenschirm darüber. Dann griff er nach dem nächsten Ast und fing zu klettern an. Er stellte sich tatsächlich so ungeschickt dabei an, dass das Kind Artur den Erwachsenen sicher ausgelacht hätte, aber er schaffte es bis zu Claire hinauf.

„Schön, dass du es einrichten konntest.", lächelte sie, beugte sich vor und küsste ihn. Artur erwiderte ihren Kuss zunächst verkrampft, sich mit beiden Händen an seinem Ast festhaltend, aber nach einer Weile fühlte er sich sicherer und schloss sogar seine Augen.

„Ich hab gedacht, ich komm mal auf einen Sprung vorbei. Ich hatte mich gefragt, ob du auch heute wieder hier sein würdest."

„Natürlich habe ich auf dich gewartet.", erklärte Claire.

„Natürlich.", wiederholte Artur und schüttelte den Kopf. „Du bist sehr anders. Du bist sehr anders als alle anderen Menschen, die ich kenne. Ich bezweifle, dass man zwei Minuten am Stück mit dir verbringen kann ohne von dir überrascht zu werden und frage mich, ob dir das bewusst ist oder einfach nur dein Naturell."

Claire lachte. „Ich bin gar nicht anders. Ich bin wie wir alle gewesen sind, als wir Kinder waren und ich bin es bewusst, aber es liegt auch in meinem Naturell." Claire strich sich eine Strähne aus dem Gesicht und lächelte Artur an. „Du hast die Augen eines Träumers, der zu träumen aufgehört hat, aber ich mag dich trotzdem." Sie legte ihre Hand auf seine.

„Gut.", sagte Artur einer plötzlichen Eingebung folgend. „Gehen wir. Das heißt, vorausgesetzt ich komme von diesem Baum auch wieder herunter."

Claire bestand darauf, dass Artur den Wagen stehen ließ und sie zu ihr liefen. Artur brachte nur den Laptop und seinen Regenschirm zum Auto und sie gingen Hand in Hand durch den Nieselregen, der stärker wurde je näher sie Claires Wohnung kamen. Als es nur noch hundert Meter waren, war der Regen zum Wolkenbruch angewachsen.

Durchnässt hielt Claire die Türe auf und schaltete das Licht ein. Ihr weißes Kleid war durch den Regen transparent wie Pergamentpapier geworden. Die kleinen, festen Brüste mit dunklen Vorhöfen und steil aufragenden Brustwarzen zeichneten sich so deutlich unter dem Stoff ab als lägen sie bloß. Das Kleid klebte auf Claires Oberschenkel und ihrem Schoß. Als Schatten schimmerte ihr Dreieck durch.

„Du bist ganz nass.", sagte sie zu Artur, als wäre sie trockenen Fußes durch den Regen gekommen. „Lass mich dir helfen."

Sie wollte ihm beim Mantel assistieren, aber dann waren ihre Gesichter plötzlich weniger als einen Handbreit voneinander entfernt und ihre Lippen trafen sich. Sie küssten sich gierig, als sähen sie einander zum ersten Mal seit Jahren der Trennung wieder und zerrten sich die nassen Kleider gegenseitig vom Leib.

Arturs Mund wanderte ihren Hals hinab, bis er zu Claires Brüsten gelangte. Sie seufzte, als er sie dort zu küssen begann und ein Schauer durchlief sie, als er an ihren Nippeln zu knabbern.

Claire machte einen Schritt zurück und geriet ins Straucheln. Sie blickte sich suchend um, aber da ihre Wohnung nur spärlich mit Möbeln bestückt war, ließ sie sich einfach auf den Teppichboden sinken und zog Artur mit sich.

Lachend befreiten sie sich von den letzten, störenden Kleidungsstücken und drängten sich nackt und nass aneinander.

„Ich habe noch eine Matratze.", flüsterte Claire.
„Dafür brauchen wir kein Bett.", antwortete Artur, den jeder Hautkontakt mehr und mehr erregte, so dass die Vorstellung noch einmal aufzustehen gänzlich unwillkommen war.

Claire langte zwischen seine Beine, um seine Erektion zu fassen zu bekommen, aber Artur entzog sich ihrem Zugriff und bettete seinen Kopf in ihrem Schoß.
Der Geruch einer Frau, die ihn begehrte, überwältigte Artur. Er küsste ihre Schenkel, wollte den Geschmack ihrer Lust auf ihrer Haut schmecken. Als sein Mund in die Nähe ihrer Scham kam, gab Claire einen lang gezogenen Laut von sich, eine Mischung aus Seufzen und Stöhnen, der Artur ermunterte weiter nach der Quelle ihrer Lust zu forschen.
Die Suche nach dem Ursprung des Nil mag gefährlicher gewesen sein, aber aufregender war sie sich nicht.
Artur küsste die Innenseite ihrer Schenkel, bis er sich sicher war, dass ihre Lust zur vollen Blüte gereift war und küsste ihre Scham. Ein Schauder durchlief Claires ganzen Körper und sie legte die Hände flach auf den Boden als müsse sie sich abstützen.
Sie machte die schönsten Geräusche als Artur über ihre Schamlippen leckte und sie mit der Zungenspitze zerteilte. Immer, wenn er ihren Kitzler berührte, stöhnte Claire auf und fing zu zittern an. Mit jedem Mal wurde es heftiger, bis sich Claire mit einem Mal aufbäumte und mit ihren Hände in

Arturs Haare wühlte.

„Nicht mehr.", flüsterte sie atemlos. „Nimm mich endlich."

Artur ließ von ihr ab und hielt ihr sein erigiertes Glied entgegen, das vor Verlangen pochte.

Claire richtete sich auf und betrachtete es gierig. Sie wirkte gar nicht mehr wie ein Mädchen, sondern wie eine Männer verschlingende femme fatale, der sich die Männer willig als Dessert hingeben. Sie ließ die Zungenspitze den Schaft entlang gleiten. Das löste ein Pricken bei Artur aus, so dass er für einen Augenblick den Atem anhielt.

Dann nahm Claire sein Glied ganz in den Mund. Sie blickte Artur herausfordernd in die Augen, als wolle sie ihn mit ihrem Blick sagen: „Das hättest du von mir nicht gedacht, dass ich gar ein unschuldiges Mädchen bin.", oder als wolle sie ihn herausfordern wie lange er sich zurückhalten konnte. Sie saugte an ihm, als würde sie nach seinem Samen hungern und ließ dann ihre Zungenspitze um seine Eichel kreisen.

Claire verwöhnte Artur abwechselnd mit dem Mund und der Zunge und ließ ihm gerade noch genug Zeit, um sich zu erholen, dennoch dauerte es nicht lange, bis Artur eingriff, um einem voreiligen Orgasmus vorzubeugen.

Nach der ersten Runde lagen Claire und Artur eng umschlungen beieinander und streichelten sich gegenseitig.

„Wenn der erste Hunger gestillt ist, isst es sich mit mehr Genuss.", sagte Claire.

„Mhm.", brummte Artur gedankenverloren. „Du

hast jetzt Hunger?"

Claire lachte und gab ihm einen Klaps auf den nackten Hintern.

„Ich verhungere. Aber ich bestehe darauf, dass du im Schlafzimmer servierst. Der Fußboden ist der Schlemmerei abträglich."

„Wenn dem so ist." Artur stand auf, hob Claire vom Boden und ging auf die nächstgelegene Türe zu.

„Dort entlang.", rief Claire und wies Artur mit dem ausgestreckten Bein den Weg. „Es sei denn, du möchtest den Fußboden durch den Küchentisch ersetzen."

Artur bewunderte einen Moment lang ihr glattes, wohlgeformtes Bein und ihren eleganten Fuß. Der wohl galanteste Wegweiser, den er je gesehen hatte.

„Mademoiselle.", sagte Artur, als er Claire sanft auf ihrem geräumigen Bett ablegte.

Claire richtete sich sofort auf. Sie griff fest nach seinem Glied und hielt es wie einen Stab oder ein Zepter, bis es wieder ganz hart war.

„Genug der Galanterie.", sagte sie. „Ich will, dass du mich jetzt nimmst als wären Toiletten mit Wasserspülung nie erfunden worden waren." Sie drehte sich um und wandte Artur ihre Kehrseite zu. Sie spreizte die Beine und streckte ihm erwartungsvoll den Hintern entgegen.

Artur drückte seine Penisspitze gegen ihre Scham und teilte ihre Schamlippen, aber er drang nicht ein, auch nicht, als sie lustvoll aufstöhnte und versuchte sich an ihn zu schmiegen.

Er wollte sie ausgiebig betrachten. Später würde das nicht möglich sein.

Artur betrachtete ihren schmalen Rücken und die weiblich runden Hüften, die in einen festen Hintern übergingen. Er zog die Pobacken auseinander und legte ihre Rosette frei.

„Seltsam.", sinnierte Artur, „dass man das nach einem Kirchenfenster benannt hat, wo es gar nicht so aussieht und die Kirche dem Poloch feindlich gegenüber steht. Sodomie." Er drückte einen Daumen gegen Claires Rosette.

Claire stöhnte auf und erwiderte den Druck, den er mit dem Daumen ausübte. Sie seufzte enttäuscht, als er seinen Finger wegnahm und drückte ihren Rücken durch.

„Los.", sagte sie und Artur drang mit einem kräftigen Stoß in sie ein, ehe sie das böse FWort aussprechen konnte.

Claire spannte ihre Muskeln an und nahm ihn gierig in sich auf. Das zarte Mädchen wollte es nicht mehr zärtlich heraus zögern, sondern wollte es hart und wild, mit einer ungezügelten Leidenschaft, die ihr Artur nicht zugetraut hätte.

Er ließ Claire die Oberhand und hielt sich selbst zurück. Er genoss es, wie sie ihn in sich spüren wollte, wie sie sich wand und aufbäumte, wimmerte und schrie und sich auf eine Weise gehen ließ, die er noch nie zuvor erlebt hatte.

Als Claire kam, spannte sich ihr ganz Körper bis in die Zehenspitzen hinein an und hielt die Spannung einen Moment lang, ehe sie plötzlich wieder abfiel. Claire stieß einen lang gezogenen, zufriedenen Seufzer aus.

Sie löste sich von Artur und ließ sich rücklings auf das Bett fallen und sah mit einem verträumten Ausdruck zu ihm auf.

„Komm doch.", formte ihr Mund Worte, ohne dass sie einen Ton von sich gegeben hätte.

Artur antwortete ebenso lautlos mit einem Nicken und beugte sich über sie.

Claire öffnete ihre Beine für ihn und gewährte ihm einen Einblick auf ihre gerötete, nass glänzende Scham, die ihm in diesem Augenblick der Inbegriff der Schamlosigkeit zu sein schien.

Artur streichelte Claires schönen Brüste und kniff sanft in ihre Brustwarzen, bis er sicher war, dass ihre Lust sich wieder regte. Es reizte ihn, endlos zu beobachten wie ihre Lust erblühte, wie Claire zum Höhepunkt kam und in ihm verging. Gleichzeitig wurde das Verlangen drängender, sich mit ihr zu vereinen, die schöne Frau in Besitz zu nehmen und sich in ihr zu verströmen.

Sekunden lang schwebte sein hartes Glied unentschlossen nur Zentimeter über ihrer Scham, dann war die Entscheidung gefallen und mit einem gezielten Stoß drang Artur mit einem Stöhnen in sie ein, das ein halbes Triumphgeschrei war.

Claire riss Mund und Augen auf, als hätte sie sich erschrocken, aber schon im nächsten Augenblick schlang sie Arm und Beine um Artur und bewegte sich im Rhythmus seiner Stöße.

Sie wimmerte, stöhnte, schrie, zerkratzte Arturs Rücken und trat ihn mit Füßen. Dieses Mal ließ sich Artur von ihr mitreißen und drückte ihre

Brüste und küsste ihren Hals als sei er ein Blutsauger. Zusammen hatten sie schmutzigen, wilden Sex als wären Klosetts mit Wasserspülung noch nicht erfunden.

„Jetzt kenne ich dich.", sagte Claire und legte ihre Hand auf seine Brust.

Artur lächelte. „Es hat mich auch sehr gefreut."

Claire schmiegte sich an ihn und schloss die Augen. Sie hatte sich wieder in das geheimnisvolle zierliche Mädchen verwandelt, das die Welt von einem anderen Blickwinkel aus betrachtete. Sie schloss die Augen und lächelte und war nach wenigen Augenblicken fest eingeschlafen.

Sie wachte auch dann nicht auf, als Artur aufstand und sich wieder anzog. Er hinterließ ihr eine Notiz, dass sie sich bei ihm melden solle.

Ob er Claire lieben können, fragte sich Artur selbst, als er im Türrahmen zur Wohnung stand. Er schüttelte den Kopf. Bewundern vielleicht, genießen bestimmt, aber lieben?